五陵少年

WULING
SHAONIAN

———

甫跃辉 著

GUANGXI NORMAL UNIVERSITY PRESS
广西师范大学出版社
·桂林·

图书在版编目（CIP）数据

五陵少年 / 甫跃辉著. —桂林：广西师范大学出版社，2020.4

ISBN 978-7-5598-2710-4

Ⅰ. ①五… Ⅱ. ①甫… Ⅲ. ①中篇小说－小说集－中国－当代②短篇小说－小说集－中国－当代 Ⅳ. ①I247.7

中国版本图书馆 CIP 数据核字（2020）第 047854 号

广西师范大学出版社出版发行

（广西桂林市五里店路 9 号　邮政编码：541004）

（网址：http://www.bbtpress.com）

出版人：黄轩庄

全国新华书店经销

广西广大印务有限责任公司印刷

（桂林市临桂区秧塘工业园西城大道北侧广西师范大学出版社集团有限公司创意产业园内　邮政编码：541199）

开本：787 mm × 1 092 mm　1/32

印张：8.875　字数：150 千

2020 年 4 月第 1 版　　2020 年 4 月第 1 次印刷

定价：42.00 元

如发现印装质量问题，影响阅读，请与出版社发行部门联系调换。

目　录

鸟

白马如流星跑进秋天闪耀的阳光里，风和云在我的身边流走，我的身体随风飞翔。

初秋的田野微微泛黄，风吹过，散开一浪一浪的稻香。我和李奇在浓郁的稻香中猫行，小心翼翼地迈着步子，两颗黑黑的小脑袋在低俯的身子前昂起，紧张兮兮地窥探着十几米外的一块草地。水边的草依然肥绿，一只白鹭鸶单腿独立，长长的脖颈向后弯曲，把脑袋埋进一堆雪白的羽毛里。雪白的羽毛映在翠绿的水面，像一朵小巧而安谧的云。

李奇紧紧跟在我的屁股后面，我听得见他大口的喘息，呼哧呼哧，一口一口紧张的热气呼在我的屁股上，令我感到痒痒的。哎哟，李奇忽然喊了一声，他的脚崴了。我急忙扭头看他，恶狠狠地瞪了他一眼。嘘，他赶紧把一根食指如盾牌般竖在嘴前，脸涨得通红。我又瞪了他一眼，转回头，不安地看了看那只鹭鸶。还好，它没有丝毫反应。我继续往前挪动脚步，李奇一脚轻一脚重地紧跟着我。正当我们以为计谋得逞、心里炸开花的时候，那只鹭鸶倏地把头从翅膀底抽出来，小小的眼睛滴溜溜地转了转。我和李奇跌跌撞撞地扑上去，哪里还来得及！那鹭鸶早已扑扑翅膀，优雅地起飞了。我们无比泄气地站在田塍上，望着鹭鸶在平坦的淡黄色田野上盘旋几周，纵身向远方飞去，雪白的身影迅速消融在宝石蓝的天空。

妈的！李奇骂骂咧咧。他担心别人责备他的时候总这样。

我什么也没说，狠狠瞅了他一眼。他的脸腾地又红了。

很长一段时间，我和李奇每天放了学都会凑在一起抓鸟。我们抓住过很多鸟，有灰不溜秋的麻雀，有"沉默寡言"的猫头鹰，有"语重心长"的喜鹊，但这些都不是我们想要的，我们想要的是一只真正懂得飞翔的鸟。我们时常歪着脑袋，遥望天上悠然翱翔的鹰。鹰无所用心地浮在云端，许久才扇动一下翅膀。它就像一个国王，威严地审视它的王国，目力所及的大地都是它的疆域。那一阵子电视台正热播金庸的《神雕侠侣》，我们似乎都不羡慕什么神仙眷侣，只是万分地想拥有那样一头神雕。

如果能有那样一头神雕，断一条胳膊我也干。李奇仰着脖子望天上的鹰，望得脖子发酸，抱怨说。

如果是我，有了神雕，没有小龙女也干。我不怀好意地接嘴。

　　如果是我，就是断两只手也干。李奇为了证明他对飞的向往超过我，有意跟自己的身体过不去。他宁愿跟自己的身体过不去，也不说可以没有小龙女。那时候，我们班里最漂亮的女孩外号就叫小龙女，班里很多人都暗暗喜欢她，有一阵子我也不例外，但大家抱着不同的心情把李奇推上了最前沿，人人都只说李奇喜欢她。

　　两只手都断了，你怎么骑神雕？我笑起来。

　　那……那……神雕通人性的，不用手也可以骑。李奇满脸通红地争辩。

　　如果刮大风怎么办？大风会把你从神雕背上掀下来的，神雕再通人性也帮不了你。我继续挑刺，你一只手也没有，人再摔坏了，小龙女就跟别人跑啦。

　　李奇满脸烧红，翻着白眼追寻天上翱翔的鹰，在脑子里极力搜寻能驳倒我的话。好半天也没找到，但他不甘心，便下了结论道：反正我得飞到天上。

　　我和李奇都没能遇见神雕，我们只能把飞的愿望寄托在另一个方面。那时候，我们对武侠迷恋到了不能自拔的程度，都深信内力轻功是货真价实的。放了学，我们在路边随便找的玉米秆子便成了无敌于天下的神奇兵器，杀！杀！

杀！我们临时充当了对方的敌人，从学校门口一直"杀"到家门口，再从家门口一直"杀"到村口，一路鏖战，胜负难分。我一使劲，咔嚓，李奇的玉米秆子拦腰断了。李奇握着短短一橛玉米秆子，怔怔地站着。哈哈，你的武器都被我震断了，还不快快受死！我嚣张地冲满脸通红的李奇喊道。不想李奇忽然纵身向后一跳，嘴里嚷嚷，我会轻功，你不会，你追不上我！为什么你会我不会？我不服，也冲他大声嚷嚷。李奇怔了一会儿，说出了一句让我眼睛一亮的话。

李奇说，因为我家有武功秘籍，你家没有。

我一阵大笑，武功秘籍？你家有？你也太能吹了吧？怪不得人人喊你李大炮。

李奇最不喜欢别人喊他李大炮，然而整个班级里，除了我喊他李奇，男生女生都喊他李大炮。有一次小龙女在地上捡到了一本练习本，看到上面名字一栏歪歪扭扭地写着快要散架的"李奇"两个字，不知是故意的还是一时反应不过来，喊道：这是谁啊，谁是李奇？小四在角落里大声应道：就是李大炮啊，连你老公都不认了？班上的人一听轰地笑翻了天。小龙女慌不迭地把那本练习本重新扔在地上，仿佛那是一块烧红的烙铁。旁边的同学又是一阵哄笑，小龙女把杨过抛弃咯！杨过这下要哭鼻子咯！小龙女嗣地撕开淑女的假面具，是谁喊？我还把你爹抛弃了！众人一片嘘声，没人接招。

李奇闷头坐在自己的座位上，与世无争的样子，脸却早已一阵红一阵白，两眼一闪一闪的，像是行将烧断的钨丝。小四不敢跟小龙女过招，转而攻击李奇。你们看，小龙女把杨过甩了，杨过脸都红啦！班上所有的人纷纷把目光转向李奇，在强烈的火力攻击下，嘣的一声，李奇眼中的钨丝烧断了。但整个班只有我一个人听见。李奇一声不吭，慢慢从座位上站起来，身负重伤似的。众人都憋了一口气，以为马上就有好戏看了。小四有点不知所措地笑笑，向四面的同学看看以寻求"国际支援"，可谁也没看他，他只好自己捏了捏拳头给自己壮胆。

李奇低着头走过去，看都没看小四一眼，接着俯身拾起了练习本，拍了拍上面的灰尘，抬眼就看见小龙女投向他的目光，李奇想说点什么，嘴角嗫嚅了一下，又什么都没说，只勉强笑了笑。

小四本来可以逃过一劫的，如果他没有不合时宜地笑。小四一笑，全班绷紧的空气顿时松弛下来，好似领导正襟危坐地讲话，自己忽然放了个响屁，那严肃的气氛就一去不复返了。好几个人附和着小四笑，轰，一支炮仗射上了天。

李奇闷声走向自己的座位，说时迟那时快，他忽然以闪电般的速度窜到小四面前，挥拳就照小四脸上打去。小四躲闪不及，被一招重击。只听得啪的一声，小四鲜艳的鼻血四溅而出。一滴溅到了小龙女的脸上，你妈的！小龙女暴喝一声，正待找寻元凶，才反应过来是怎么回事，不由得噤了声。乒乒乓乓，乓乓乒乒，教室里顿时刀剑铿锵，拳脚惊风。一排桌子成了多米诺骨牌，哗啦啦倒了，桌面和桌洞的书也哗啦啦洒了。这一场龙虎斗顿时搞得天怒人怨。但怨归怨，大家观赏现场版武侠剧的激情一丝未减。正当大家看得有滋有味，场子中间却不动了。李奇坐在小四身上，小四苦苦挣扎，只能跟孙猴子乖乖地待在五行山下一样。忽然，小四哇的一声哭出了声。边哭边含着口水嘀嘀咕咕，大意是说李奇癞蛤蟆想吃天鹅肉之类的。小四一哭，李奇就慌了，他在小四身上坐了一会儿，想想不是事，就不冷不热地回到了自己座位上。小四像个赖皮，死鱼似的躺在地上大声叫骂，癞蛤蟆想吃天鹅肉，有本事你飞给我看！你飞啊！你飞啊！李奇不会飞，李奇满脸潮红地坐在位子上，不会飞。

李奇被班主任罚在教室外站了整整一个下午。他低垂着头，不停地把手指头伸到嘴里再拿出来，捏紧衬衫的胸口使劲地揉搓。我这才发现是小四的鼻血溅到了他的白衬衫上，鲜红的血洇在白衬衫上犹如一朵朵梅花，在阳光照射下很扎眼。我想，李奇一定是怕回到家后被他妈看到。他搓得很专注，但他的唾沫无疑是有限的。这时，一瓶水成了他的救星。小龙女偷偷地把一瓶水从窗口递给他，他接过后脸上覆满了火烧云，低低地说了声谢谢，但小龙女没理他，早已转回身目不转睛地盯着黑板。

在整个班里，只有我从不喊他李大炮，这一点让李奇对我分外感激。现在我一冲动，禁不住喊了出来。但一喊出来心里就有些后悔。

我家就是有，你家没有。李奇执拗地说。他的脸烧红了天边的云。

那你拿来让我看看。

不行。李奇果断拒绝。

吹牛了吧？说你吹牛还不承认，果然是李大炮。

李奇一句话不说，傍晚的霞光映在他烧红的脸上，缓慢地变换着色彩，让他的脸增添了一种神秘的感觉。我再次后悔，刚才不该说那样的话，我想收回，但已经收不回了，我想说点什么，又不知道说什么。我们尴尬地对视着，头顶的火烧云热腾腾地烧红了半边天空。

那好吧，我明天这时候拿给你看。李奇思虑再三后说，不过你别跟人说。

你家真有武功秘籍？我吃惊得张大了嘴。

李奇不言不语，重复道，明天这时候见，说完像个武林高手似的大踏步走进血红的夕光里，脚落在路上，噗噗地扬起灰尘。那时候，我看着他的背影，仿佛看一个充满悬疑的电影人物。

第二天傍晚，我按照约定来到了村口。李奇还没到，从来都是李奇等我，这次竟然乾坤颠倒。要么他真是李大炮，家里根本没什么狗屁武功秘籍，要么他知道我看书心切，故意让我等得心焦。这两种情形，无论是哪一种都不可饶恕。我决定要好好惩罚他。正当我想怎么惩罚他的当口，李奇出现了。李奇手里捏着根修剪光滑的玉米秆子，充作丐帮打狗棒或者少林烧火棍，迈着大步，武林高手似的向我走来。

李奇贼头贼脑地觑了觑四周，没看到一个人影，才说，你到很久了？

废话，你搞什么鬼？不会是吹牛吧，秘籍在哪儿？

李奇赶紧把一根食指竖到嘴前，嘘，他再次觑探了四周，才压低声音说，在我包里。这时候我才注意到李奇还像模像样地背了个书包。

你看。李奇从包里翻出一本破破烂烂的书递给我。他看着我，眼神充满了殷切的期待。

我们两颗脑袋凑在一起，在霞光里翻看那本书，一页一页画满了做出各式各样动作的人体，有的拿刀，有的拿剑，有的拿长矛，有的甚至拿一条板凳。在书的后半部分，有一页上赫然写着"轻功秘诀"四个大字。我看得心惊肉跳。李奇却不怎么看书，他总是斜眼瞟我的脸色，见我看得心花怒放，他既紧张又得意。这书能不能借我回家看看？我说出这句话，李奇脸上得意的表情荡然无存了。

这……李奇很为难地嘟囔。

就看一天，明天就还你。

李奇仍然不同意，他把书捧在手心，另一只手不停地在扉页上摩挲。

就一天也不行？现在轮到我看李奇的眼神充满殷切的期待了。

那这样吧，李奇想了好半天才说，我每天下午把书带来，我们一起练里面的轻功。李奇为这个忽然想到的念头激动得满脸烧红。我略一想，说，好吧，那就这样定了。火烧云在我们的头顶无声地卷舒着，我们幻想着不久后，自己也可以像云彩一样在天上飘来飘去，心里便觉得有千里万里的宽广。

照书上的说法，练习轻功的方法很简单，无外乎两点：练习跳高，持之以恒。我和李奇都无比坚信每一次的跳跃都会比前一次跳得高一些，只要每天坚持，不出一年半载，我们就可以上树越墙，再过个一年半载，就可以腾云驾雾。练习的地点多数选择在李奇家，他爸长年在外，他妈每天总是早上出去晚上才回来。起初，我们在院墙角练习，跳到台阶上，再跳下来，循环往复，直到汗流浃背。几天过后李奇不满足了。我们的功力已经差不多了，应该可以跳到墙上了。李奇胸有成竹地说。我们开始在墙上练习。从很远的地方跑过去，手脚并用地攀上一段墙，远看像一只老也学不会爬墙的笨猫。但我和李奇都无比欣慰，我们体会到了飞的感觉。在我们向上跃起的那一瞬间，风急速吹过我们的耳朵，我们的血液在风里膨胀，我们浑身轻飘如一只鸟。过不了多久，我们就能飞了，像鸟一样，甚至比鸟还要飞得高！

我们没等到那天就出事了。那天我和李奇正对那面无辜的墙施展轻功，一个人影不声不响地飘到了我们身后。李奇！！！那嗓音好似带着三条黑鞭子抽在我们身上。我们立在墙根，等待鞭子的降临。我偷觑了一眼李奇，他的脸苍白得像一张白纸，身体簌簌地发抖。李奇！李奇妈妈又一声喊，一只手伸出来，老虎钳一般揪住了李奇的耳朵。李奇疼得龇牙咧嘴，但他一声都不吭。那只手把李奇的身子揪离了地面，你看看，你看看，好端端的墙都给你踢成什么样了？你这双爪子还想不想要！李奇在母亲的骂声中两眼充血，痛得紫红的牙床都露了出来。我看得胆战心惊，噤若寒蝉。幸好李奇妈妈把我当作空气。心想待着也是待着，不如三十六计走为上策，留得青山在不怕没柴烧，我一猫腰，出了李家的大门。

走不多远，一声凄厉的呼喊从李家大院射出，鸟从树林纷纷惊起。我有点过意不去，但想得更多的是我们的轻功练不成了，那本武功秘籍恐怕凶多吉少，不禁怅然若失。望着纷飞的鸟，只觉身子沉重得难以忍受。

我想飞。我记得曾经看到过一句话：是人没有不想飞的。我无数次梦想着飞到很高的地方，很高很高，比云彩还要高。风呼呼地从我的身边吹过，把我的头发扬起。远方的风景一览无余，甚至连未来都能看清，那是多么痛快的一件事！奇怪的是我做梦的时候怎么也梦不到飞，在梦里，我常常从很高的地方坠落下来，不停歇地坠落，然后满头大汗地落在平庸的床上。醒过来后我就愈发感到身体的沉重。我也知道，李奇确实比我还想飞，我看见他在桌上写了好多小四说的那句话：你飞啊！你飞啊！你飞啊！

第二天，李奇更加沉默地坐在教室里，一只耳朵在纱布的重重封锁下苟延残喘。他为了遮掩受伤的耳朵，老把头趴在桌子上，上课时也很少抬头。偶尔抬头，总是匆匆地瞥一眼小龙女的方向。我想小龙女应该感觉得到李奇的目光，不明白她为什么不回头。那晚之后，我有点害怕见到李奇，觉得自己逃跑了不够哥们，他也似乎在回避我。但我知道，他不会就此放弃飞的梦想。

我百无聊赖了一段时间，在梦里堕落了一段时间，终于等来了另一个飞翔的机会。山里的舅舅到镇上买粮食，骑来了一匹白马。我一看见那匹白马就惊呆了。白马四肢健壮，高高地站立在秋天薄薄的阳光中，仿佛一座熠熠生辉的雪山。我满心欢喜地向它靠近，它踢踢踏踏地在原地踱步，两眼炯炯生威。我不敢再靠近，就站在原地，贪婪地看着它完美到极致的身体。心想，如果能骑上这样一匹白马，在风里飞驰，那跟飞也差不多了。白马见我不动，它也不动，我见它不动，就又向它靠近了一点。它又踢踢踏踏地踱起步子，我又不动了。如此几次反复，我终于挨到了它身边。我无限深情地抚摸它光滑的毛皮，它知道我并无恶意，也任由我抚摸。它光滑而厚实坚硬的身体给了我无穷的快感。我似乎已经骑到它背上，它正迈开四蹄，奔驰在云端天际。我的幻想仅止于幻想，它太高大了，我爬都爬不上去。望着舅舅在白马身上放了一垛粮食，然后飞身跨上白马。白马轻松地迈开步子，昂首向前，越行越快，渐渐奔驰起来，我说不出地难受。

舅舅的再次到来点燃了我更加强烈的欲望。我一定要骑上白马，一定！我的手停留在白马身上，白马的身体如同一座石砌的墙，厚实安全，引人遐想无穷。我想怎么说也得跨上去，舅舅这次走了后年才能来，后年我就要到离家很远的地方上初中了。我无奈地看看白马，白马怜悯地看了看我。它的眼睛很大，明澈如同秋水，我想那里面一定装满了湛蓝的天空。后来，舅舅把我抱上白马的时候，我的心扑通扑通地差不多跳出来。世界一下子陷落下去，我仿佛浮在云端。我紧紧地抓住缰绳，手心出了汗，缰绳滑溜得像一条泥鳅。我坐在马背上全然没有想象中的威风，我一动不动地，脸上露出僵硬的笑。鞭子，用鞭子抽它！舅舅的话从千里万里外传来，到了我的耳朵中极度失真。抓紧咯！舅舅笑着拍了拍马屁股。马橐橐橐橐迈开碎步，世界像一张纸从我身边抽离。我伏在马背上，感觉身体充了空气，渐渐飘起来，驾！我得意忘形，一甩鞭子，啪地抽在马屁股上。白马一矬身，快跑起来，如流星跑进秋天闪耀的阳光里，风和云在我的身边流走，我的身体随风飞翔。好样的！好样的！舅舅的笑声从另一个世界传来，——小心！等舅舅的惊呼传到耳边，我已经摔在地上，脑袋嗡嗡一片，失去了知觉，之前的一刹那，只觉得一匹白马跨过我的身体飞到天上去了。许多年后的现在，白马依旧常常如流星炫目穿过我针孔般窄窄的梦境。

李奇盯着我裹得白乎乎大了整整一圈的脑袋狂笑不止。我感觉后脑勺的伤口随着他的笑声一道一道撕裂开，殷红的血咕噜咕噜地泻出来。我心里积蓄着一腔怒火，咯咯地攥紧拳头，心里默默数数，李奇再笑十声我就把他的鼻子揍扁。这时候，李奇的笑毫无征兆地转变成了抽泣，抽泣着俯下身子。直起身子后，他的脸红通通的，说，现在你也跟我一样了。

现在我们是一样了，我们都不能飞。我们身上将永远留下飞翔失败的记号。我和李奇埋头坐在教室里，心灰意冷，谁也不搭理谁。后来，我们重新走到一起还多亏小四的帮忙。

谁都知道小四跟李奇结下了梁子，谁都知道小四这样的人不好惹。谁也不怕小四，大家怕的是跟他牵丝攀藤的那一伙人。周四下午放学后，一群人把李奇堵在了校门口。你欺负人是吧？一个人推了李奇一把。你能打是吧？一个人搡了李奇一把。李奇站在人群当中，一声不吭，脸色苍白。不说话？兄弟们，不说话揍他！小四扯着尖细的嗓子喊。拳脚相交，李奇在密集的拳脚之中苦苦辗转，渐渐矮了下去。

干什么！班主任一声暴喝恰如冷水浇下，滚滚狼烟顿时散灭。一群人轰的一声作鸟兽散。赵成，明天喊你爸来，不然你就别到学校了！班主任冲小四的背影千里传音。李奇站在原地，像一根暴风雨中摇摇晃晃的玉米秆子。他满脸鼻血，两行鲜红的血液不断从鼻孔里流出来，一丝红线悬在明亮的空气中时断时续。他使劲把头往前伸，生怕血沾到白衬衫上。李奇谨慎地保持着这个姿势，抬起目光看了看班主任，又看了看班主任旁边的我，微微冲我感激地笑。

李奇跟我和好如初了，但没再跟我说与飞有关的事。我明白他在想什么。小龙女给他递了一瓶水，李奇好几天都乐开了花。李奇想接下来一定有什么事要发生，我也这么想。我心里嫉妒得发疯。可等了好几天，什么事也没发生。小龙女见了李奇招呼都不打，还迈着大步把头昂得老高，那神态跟我在电视里看到的鸵鸟一模一样。我们都不知道这女人是怎么回事。李奇没办法，只在上课时，不时抬起头，瞥一眼小龙女的背影。有一次，李奇望过去，凑巧小龙女也转过身来，四目相对，李奇羞得满脸通红，惶遽地埋下了头。之后好长一段时间，李奇都不敢抬起头来，上课下课就陷在自己的位子里，埋头在一本用过的练习本上乱涂乱画。我知道他写的是什么，他永远放不下那三个字：你飞啊！你飞啊！你飞啊！

李奇耳朵上的纱布和我头上的纱布是同一天拆掉的。那天他忽然神神秘秘地在路上拉住了我，把嘴凑到我的耳边。我第一次清晰地看到了他那只丑陋的耳朵。一条黑黑的裂痕如垂死的蚯蚓在他的耳朵上蠕动，牵引得两边的肉难看地皱起。李奇小声说，我找到了个好地方，到那儿练轻功谁都不知道。他的话在一团热气中氤氲成一片，半天我才反应过来。

哪儿？

去了就知道。

李奇神秘的态度激起了我强烈的好奇心，我毫不犹豫地跟他走了。我们到达小镇后山顶那棵老松树下时，天已经擦黑。西边的火烧云如滴在水里的鲜血，艳红逐渐黯淡，缓缓沉入黑夜厚重沉默的底色。那棵老松树太高了，我和李奇站在它脚下恍若两只小小的蚂蚁。我们拼命仰起头，都快倒了，仍然看不到它的顶端。离地面十多米高的树干不生一根枝丫，再上去，浓密粗大的枝丫如黑森森的巨蟒交缠。我和李奇拣了几块小石头使劲扔上去，扔了好多才有一块触到了枝丫，上百只鸟尖叫着如箭弹起，激射入蓝灰色的天空，许久才落下来围绕树冠盘旋。我和李奇看鸟看累了，又低头看那粗壮的树干，张开双臂拉一起才围了半圈。我们相视而笑，这么粗壮的树干确实是练习轻功的好地方。在树下的那块平整的大青石上坐了一会才回去。

半个多月后，老松树被我们蹭掉了一层皮。可能因为没了武功秘籍，我们的轻功都不怎么见长，两人不免有些泄气。

你说树上都有些什么鸟？我坐在大青石上问汗流浃背努力练功的李奇。

不知道。李奇气喘吁吁。

我好像看到老鹰了。

什么？李奇停了下来。

我说我看到老鹰了。我把一时胡诌的话坐实。

我不相信。李奇瞪大了眼睛。

不相信就算，反正我看到了。

你拿给我看看？

拿给你就拿给你！我倔强起来。话一出口就后悔了，我怎么拿给他看？但我一旦倔强起来就有一股子牛劲，心里虽然没底，嘴上反倒更硬了，我还看到老鹰在上面搭窝了！

吹牛！我妈说老鹰都在悬崖上搭窝！李奇争辩道。

你妈才吹牛！你妈也是个大炮。她见过老鹰的窝，那你怎么不让她拿给你？

我妈就是见过！你才是大炮！你说老鹰在树上搭窝，你拿给我看看！李奇越说越急，旧事重提。

拿给你就拿给你！我说着脱了鞋子，站到树下。

李奇让到一边，不说话了。他直直地注视着我。我心里更紧张，这么粗这么高的树怎么爬？我回头看了看他，禁不住露出祈求之色。他不屑地瞥我一眼，一句话不说。我受了莫大的羞辱，转回头，往手上吐一口唾沫，双手双脚夹住树干，一寸一寸往上爬。我中途回了好几次头，每一次都看到李奇仰着头注视我，他的拳头攥得紧紧的，他望着我越爬越高，在视线里变成一个黑点，一定也怕得要命，但他一句话不说。我咬紧牙关，爬爬又歇歇，歇歇又爬爬，后来爬得太高，连头都不敢回了。我闭了眼，把肚皮贴紧树干，一寸一寸往上挪。我只觉得世界将永远停在这样的状态，没有安全感的不断向上的艰难状态。许多红艳艳的火花在黑暗的脑袋里爆裂，令我一阵阵眩晕。许久，我的手触到了一根枝桠，犹如一个溺水的人抓住了一根稻草。我得救了。

看到老鹰没有？李奇在树下喊。声音一点一点地飘上来。

我正在找。我骑在一根粗大的枝丫上说。

树上黑乎乎的，什么也看不到。我随便一动，细小的枝丫与灰尘便扑扑簌簌地掉下来，争先恐后地钻进我的眼睛。我立马闭了双眼，腾出双手使劲揉搓眼睛，泪水很快洇湿了手心手背。我不敢乱动，再度小心翼翼地睁开眼睛，看到的是满树粉白色的鸟粪。鸟粪的间隙，是一线水蓝的天空。

看到了吗？李奇迫不及待地问。

我正在找。我想，得骗骗他，我闭上眼睛摸索着又往上爬了一截，咔嗒，一只脚不小心踩在了一截干枯的树枝上，树枝断了，脚下踩空，吓得我浑身冒冷汗。往下看看，看不到李奇了，我才松了口气，惊喜地喊，看到了看到了！

怎么样怎么样？里面有老鹰吗？李奇很容易就给我骗了。

有倒有两只，不过还小，毛都没长齐呢。我睁着眼睛说瞎话。

拿下来看看，快拿下来看看！养大了就听话了。李奇已经开始规划未来了。

怎么拿啊，拿不下来，中途会给摔死的。我急中生智，编了句话给自己圆谎。

这倒是，那我上来看看。李奇说着脱了白衬衫，搂住树干往上爬。我一看吓坏了，你别上来，树上待不下两个人！李奇不理会我，憋足了劲哧溜哧溜往上爬。看着他一点一点靠近，我坐在树上急得像热锅上的蚂蚁，怎么办？怎么办？他一上来就穿帮了，从此别想在他面前抬起头。情急之中，一个馊主意诞生了。我坐在树枝上，拉开裤子，往下尿尿。银亮的液体穿过秋天闪烁的阳光，一路飘下，落在李奇头上身上。

你干吗？李奇愤怒地喊。

你别上来。

李奇闭着眼抱住树干歇了一会儿，我们大口喘气，两人之间隔着一大截凝固的空气。李奇哗啦啦滑下去了，拎了白衬衫，转身下山。我坐在树上，从缝隙里看着他，露出一角，又消失掉，然后再露出一角，然后再消失掉，之后他依然甩着膀子在我的眼球上面走。天色渐渐暗下来。我飞快地从树上滑下，粗糙的松树皮在我的肚皮上豁开无数个血口子，一条一条血迹在我的身上痛苦地蜿蜒。

那学期，小龙女没参加期末考试就转到外省了。那天下午她早早收拾好了书包，抱小孩似的把书包抱在怀里，头贴在书包上，一反常态地歪着脸看李奇。班上的男生嫉妒得要死，但谁也没办法。李奇脸色绯红，努力把头埋下去，避开小龙女的目光。班上的男生又恨得要死，都暗暗骂李奇窝囊废，心想为什么小龙女看的不是自己。最后一堂课结束后，小龙女忽然走到李奇面前，不顾众人哄笑，把一个小纸包递到李奇手上。

给你。小龙女大大方方地盯着李奇的眼睛。

李奇坐在座位上，僵尸一般，好半天，才冲过众人哄笑的防线，别扭地站起，却不接小龙女递过来的东西，只说，你？

给你。小龙女脸上的笑有了些刻意为之的感觉。

李奇手忙脚乱地接过纸包，纸包从他手中滑到了地板上，他急忙伏下身捡了起来，想吹掉上面的灰，又不敢，只好用一只手不停地摩挲。脸上早就红得赛过关公，又慌里慌张地说，这？——你？

小龙女脸上的笑活络过来了，然后做了一个令全班同学叹为观止的动作。小龙女伸出手，伸向李奇露在衬衫外面的手臂，掐住了，使劲地拧。众人的哄笑顿时如轰炸机一般，轰隆隆，轰隆隆，整个地球只剩下李奇和小龙女脚下的那一块。两人似乎什么都没听见，都咬着牙，一声不吭。小龙女松开手后，人们惊讶地看到李奇手臂上留下了一个肥硕鲜亮的紫葡萄印，犹如一只禁锢已久的虫，在他的皮肤下躁动不安。

我们都到教室外面送小龙女，独独李奇窝在教室里不出来。我们回到教室后，发现他伏在那只手臂上，哭了。

男生们都很想知道那个小纸包里是什么东西，我当然也不例外。功夫不负有心人，在一次做操的时候，人都出去后，我躲在教室里从李奇文具盒的底层翻出了那个小纸包。纸包里是小龙女的一张五寸照片，照片的背面，是几个娟秀的铅笔字：我相信你会飞的。

我不知道最近李奇在做什么，是不是还到老松树下练习轻功。我不敢再到那儿，我怕见到那儿的一切，我怕见到李奇，怕见到他那张不时羞红的脸。我很想向他道歉，向他说明我那天骗了他，但总也拉不下脸面。有一次在路上遇见了，我低低地喊了他一声，不知道他是没听见还是不想听见，一言不发地把头别了过去。我在这场冷战中极为痛苦，但坚信过不了多久，我们仍会和好如初。没想到，这是我们的最后一次冷战。

两个星期后的一个下午，一个消息传出来，李奇从后山那棵大松树上摔下来，死啦。人们议论纷纷，都不明白李奇为什么爬到那棵树上，我一下子就明白了。我飞奔上山，李奇已经不见了。几根枯树枝躺在大青石边，一块乌暗的血静静地躺在大青石上。灼热鲜红的火烧云满天盛开，从西向东弥漫，渐渐盖住了小山。恍惚之中，大青石上的那块血迹也幻化成了一片火烧云，摇摇摆摆地上升。我被包裹在一片血色之中，禁不住想，李奇是失足掉下来的，还是因为在树上什么也没看到，气得掉下来的？这个想法让我浑身起了一层鸡皮疙瘩。

我拔腿向山下奔逃，试图逃脱那片越来越浓的血色。深秋时节，山上的梯田收割后，露出赤红色的沙土。我慌不择路，从一块梯田跳下，落到另一块梯田，再跳下，再跳下……在持续降落中，我昂首望着天上越来越浓重、即将凝结成黑夜的血色，感觉尖利的爪子从脚上长出来，有力的翎羽从臂上长出来，我幻想着，转瞬之间，自己幻化成了一只硕大无朋的鹰，飞向黑夜无底的深渊。

2010年9月1日初稿

2019年1月8日修改

烧花

鸭蛋壳青的天空下，她们轻盈无比，像一只蝴蝶追逐另一只蝴蝶，像一段欢快的岁月追逐另一段欢快的岁月。

一夜之间，山下一直滚到天头地脚的水稻得了讯息，齐齐俯下穗子。悠闲惯了的村子耸了耸肩，一下子忙碌起来，家里施工的人家歇工了，在外打工的男人回来了，小学中学里也放了农忙假。孩子们放假回来，总随父母到田间地头，帮忙抬个肩秆，抱捆草绳，拿把镰刀，拎个水壶。除了打杂，他们有一件重要活儿要做：拾稻穗。拾稻穗的多半是女孩。这些个热闹的或者安静的女孩，为秋收时充满阳刚气的田野平添了一份温柔。秋收轰轰烈烈，刀光剑影，流汗流血，是一组乐曲的最强音，拾稻穗是尾音，她们将这尾音唱得袅袅娜娜，回味悠长。

　　在几乎全是女孩的世界里，那个一袭黑衣，一双小脚的衰老的身影就格外引人注目了。村里人叫她老龙太，她的已经死去三十多年的丈夫确实是姓龙的，她的儿子也确实是姓龙的，但她姓什么呢，不得而知了。又或者，村人是喊她"老聋太"？她也确实聋了，你和她说什么，即便很大声，大声得像吵架，她仍什么也听不见。有时候你声音里真掺了不满了，声音大得山崩地裂，她还要笑眯眯的，拢着耳朵，豁着没牙的嘴巴，凑到你的耳边，说："阿侄，你说什么？"

老龙太很老了，村里的男人她都喊阿侄，女人都喊阿妹。有时候，这些阿侄阿妹会问她："老龙太，你多大年纪了？"她总算听明白了，笑眯眯的，说："你猜，你猜得到我就说给你听。"人们有时来了兴致，说："你总有九十了吧？怎么说也得八十，总不可能是七十。"老龙太自始至终微笑着，并不答话。除了一张窄窄的脸布满皱纹，远看上去，老龙太倒还真不显老。她又瘦又高，或许太高了，腰总是弯着，弯着才能看到地上的稻穗。她一边和人说话，一边不断地深深弯下腰去，吃力地捡起一颗颗稻穗，杵着膝盖，直起身子，放进身后的背篓里。她背的背篓与众不同，口子那儿，还绷着一张塑料布。老人聪明着呢，她是怕她弯腰时背篓里的稻穗倾出来，用塑料布盖住，就什么事也没有了。

那时候，村里人都为老人抱屈。老人有两儿四女，分家后，老人的老伴和大儿子吃，老人和小儿子吃。小儿子有一个女孩儿，两岁那年得了脑炎，医好后，有点儿傻，正想着再生一个，不想小儿子在外面和人口角，打起来，被一砖头拍死了。过了不到半年，那年纪轻轻的媳妇撂下老人和女儿，和一个外方人跑了。一个好好的家，一下子散了。村长几次和老人的大儿子龙光明说，要他照顾起老人，虽说老人不该他负责，可这时候，也说不上该不该了。谁想龙光明又是哭穷，又是要横，说她年纪是大了，你要是真有良心，怎么不把她接家里去养起来？去说的人愤愤然，也无话可说，只好不再管。

除了老大给几百斤粮食，老人没什么经济来源，每年就靠拾麦穗稻穗过活。村里有些人莫名地觉得亏欠了老人，见老人拾稻穗，远远地，就招呼老人到自家田里，割了稻子，顺手散放一些。老人耳朵聋，眼睛却分外尖，见到成束成束的散稻子，总是捡起来，放回主人家的稻子堆里。主人家不乐意了，说："哎呀呀，老龙太，你老昏了，拾了稻子不放进自己背篓里？"老人满脸的皱纹聚成一个夸张的笑，说："我昏了，可没你们昏，好好的稻子，随手就乱扔。"也有些人家厌恶老人，见老人朝自家田里走来，就做出驱赶麻雀、驱赶鸡、驱赶猪的手势，说"走，走!"老人也就转身走了。老人走了，一直跟着老人的傻女孩怔怔地站在那家人的田边，对那家人翻白眼，直到那家人骂她，朝她走过来，她才转身去追老人。

女孩儿将近十岁了，什么事也不会做。她的衣服鞋袜大多是村里人给的，她经常穿的一件蓝底白碎花的衬衫，听说是老人自己缝的，那么土气的衣服现在很少见了。她还喜欢扎两个小辫子，辫梢用红头绳系住，这也是老人给她弄的。老人照着十几年前、几十年前流行的样子，精心打扮着女孩儿。若不是那双眼睛，女孩儿真算得上漂亮了。因为老人从不让女孩儿干活，她的手和脸都是白白净净的，脸是瓜子脸，下巴稍稍有点儿尖，但并不显得刻薄。五官清爽，很匀称地配合在一起，尤其一双眼睛，静静地望着你，让你不由得心里一动。可正当你打心底里感叹，怎么如此粗鄙的农村，竟有如此洁净水灵的女孩儿，她忽然眼珠子使劲儿往上一翻，露出一大片眼白，狠狠地剜你一眼，连带眉毛、鼻子、嘴巴，一齐变了形，变得无比丑陋和凶狠。

　　女孩儿不上学，不和同龄的孩子们玩，也没人和她玩。有时候，路上聚着一群孩子，嘻嘻哈哈玩得欢，她也会站住，眼睛亮闪闪的，似乎带着几分羡慕。那些玩耍的孩子注意到她，也不理会，笑得更欢了，不由得带上一些显摆的成分。笑声一大片一大片，很慷慨地在秋天的土路上播撒着。女孩儿却渐渐皱了眉头，显出几分厌恶的神色。那些玩耍的孩子有点儿不自在，就有人过来撵女孩儿，挥舞着脏兮兮的小手，满脸稚嫩的凶恶，女孩儿往后退着，并不惧怕。远远退到一个安全的地方，她又往孩子堆里瞭一眼，这一眼，简直是极度鄙夷了。孩子们的欢乐黯淡了，一个个呆立着，望着她一个人寂寂远去。

老人走到哪儿，女孩儿跟到哪儿。老人出门拾稻穗，她也跟出门，不过她并不帮老人拾稻穗，老人也不让她帮忙。无论什么时候，哪怕是睡觉了，她怀里总抱着一件东西，有时是一个脏兮兮的断了胳膊断了头的布娃娃，有时是半个皮球，有时是一只鞋子。老人拾稻穗的时候，女孩儿怀里是几枝荷花。稻田外面有一大片荷花田，女孩儿手中的荷花是看荷花田的老田给的。老田满脸络腮胡，吓退过好多偷荷花的孩子，可从没吓到过女孩儿。他总是问女孩儿要什么颜色的荷花，红的？白的？女孩儿说，都要，他就都给摘了两朵，说"翠妮，叫我一声阿公，我就把荷花给你"，女孩儿不叫，眼珠子白白地翻上去。老田把头扭到一边，笑着说"你不叫算了，不要吓我"，说着把水淋淋的荷花递到女孩儿手中。女孩儿是叫翠妮，谁都知道这名字，可任谁叫她，她总不答应，叫上两遍，她就拿白眼翻你，因此有人怀疑她不但傻，还是个哑巴。

"翠妮!"

罗春城媳妇嗓子如同破锣，直起腰，大声责备女孩儿，"这么大个人了，怎么不帮你奶奶拾稻穗？"

翠妮怀抱四枝荷花。四条翠绿的荷花梗，从断裂处扯出紊乱的浓白丝线，盘在翠妮的蓝色衣襟上，散发出苦涩的清香。荷花有两朵白的，两朵红的，两朵半开，两朵全开，花瓣还挂着清晨的露珠，四朵花聚成一大团，簇拥着翠妮的脸。翠妮的脸明艳无比，时而粉红，时而粉白。她似乎没听到罗春城媳妇的话，眼睛悠悠地望向远方，表情格外平静，下巴往下压了压，压到嫩黄的莲蓬上，再抬起头，下巴沾了黄亮的花粉，脸颊挂了几颗硕大晶莹的露珠。

老龙太慌忙对罗春城媳妇摇摇手，说："阿妹，让她玩，让她玩，她什么都不懂的。"老人又望望翠妮，脸上浮起笑。

翠妮很少笑。翠妮总喜欢望向远方，脸总是那么平静，不喜乐，也不悲伤，犹如一汪很深的水，一丝涟漪也不起。只有在一种情况下，人们才会听到翠妮笑。

收割结束后，有的人家会将稻草留在田里堆起来烧掉，潮湿的稻草堆里，红红的火苗牛血似的缓缓流淌，冒出一缕一缕纠结着的浓烟。收割后日益荒凉的田野里，这边一堆火，那边一堆火，将黄昏的天空照耀成一条血色的大河。老龙太仍背着个背篓在稻田里游荡，偶尔捡起一穗半穗稻子。

翠妮跟着，不时停下，看田埂上的小花。蒲公英，野莴笋，灰灰菜，这时节都举着小小的花朵。老龙太也不时停下来，转回头喊："翠妮——翠妮——"翠妮仰起脸，望望老人，又无声地跟上来了。她们走到一堆火边，翠妮忽然撕下一瓣碗口大的荷花，在老人眼前一晃，一甩手，扔进火堆，火苗从白色的花瓣周围钻出来。老人慌慌伸出手，把花瓣抓出来，拍拍上面的灰，责备道："你做得好？好好的花你烧它做什么？"翠妮不说话，狡黠地瞅一眼老人，又撕下一瓣红色的花瓣，迅速扔进火堆，老人又一次伸出手，抓出烧软了的花瓣，"你个偷生鬼，你做得好？"老人埋怨着，脸上却开了一朵花。翠妮不答话，咯咯咯笑了，又撕了一片花瓣……翠妮跑在前面，等老人追上来了，才把花瓣扔进火里。她们从一个燃烧的草垛跑到另一个燃烧的草垛，翠妮的笑声就从一个燃烧的草垛飞到另一个燃烧的草垛。正在收割的人直起腰，握着镰刀说，你听，翠妮笑了，小姑娘会笑呢，不是哑巴。旁边的人也直起腰，静静地听，翠妮的笑像一串冰凉的露珠，咕噜噜噜灌进他、他们的耳朵，他们想，这怎么说得准呢？会笑也不见得不是哑巴。

　　村里人都熟悉老龙太和翠妮之间的这个游戏。只是不明白她们为什么每年都玩这个游戏，为什么每次都笑得那么开心。这有什么好玩的呢？一点都不好玩。可不管怎么说，他们愿意看到老龙太露出笑容，愿意听到翠妮咯咯咯笑。在这简单的欢乐中，他们内心潜藏的对祖孙俩的歉疚会稍微得到一些安慰。

当老龙太给自己砌了坟，他们内心里的歉疚又减了几分。那是三年前的事，秋收过后一个多月，老龙太找来几个年轻人，村里人不明白这老太太要做什么，问她，她满脸笑开了花，说，给自个儿堆个窝呀。老人的话让人摸不着头脑，第二天，后山响起小钢钻敲击石头的声音，一星儿一星儿很欢快，村人才明白老龙太是找人来给自己砌坟。一个月后，坟砌好了。石匠们体恤老人，要价很低，拢共才要了五百块钱。可这也不是小数目啊！老人笑呵呵的，说："是我拾麦穗稻穗攒的，攒了五六年啦。"村人不由得对老人竖起大拇指，心里又都有些泛酸。

"这下我什么顾虑也没有了，今后就专门给翠妮攒嫁妆钱了。"

老龙太望着翠妮，眼里星光点点。

村人不好说出口，心里都想，那得拾多少麦穗稻穗？又都想，即便攒够了钱，哪个会要翠妮这样的女孩子做媳妇呢？人又傻，又什么都不会做，只会抱束花到处跑。漂亮归漂亮，一点儿用也没有。村人在心里直摇头，表面上却还给老人的热乎劲添油加柴，老人的一张老脸焕发着荣光，满脸的皱纹花一样盛开。

村人一直记得老人那张无比幸福的脸，不过，他们不用为老人多操心了。

那天，翠妮和老龙太又玩了那个烧花救花的游戏。她们玩得格外投入。鸭蛋青的天空下，她们轻盈无比，像一只蝴蝶追逐另一只蝴蝶，像一段欢快的岁月追逐另一段欢快的岁月，她们的笑声肆无忌惮。人们一个个直起腰，让镰刀愣在手中，几乎带着嫉妒地说，你听，她们祖孙那个乐！

她们真乐啊，村人看到，翠妮手中只捏着四五根翠绿的荷花梗，而红的白的花瓣全到老龙太手中去了。老龙太两手各捏一把花瓣，小脚一翘，两手一扇，真像一只蝴蝶了，真要飞了。村人看她们这么乐，心里也乐，就连沉重的秋收活儿，也一下子轻了。

"翠妮——翠妮——"

老龙太嘴角挂着笑，气喘吁吁地说："坐一会儿，阿奶跑不动了。"

老龙太在田边的一棵椿树下坐了。椿树还小，只有手腕粗。老龙太一靠上去，树身倾斜了，簌簌掉下两片叶子。老龙太抬眼望望稀稀疏疏的枝叶，枝叶切割着明亮的天空，天空格外高，格外轻，也格外静。老人身子挺了挺，不让全部重量压到树上，小树又直了。

翠妮见老人闭了眼，猫着步子，蹭到老人身边，一瓣一瓣抽出老人手中的荷花，又一瓣一瓣盖到老人蜡黄的脸上，老人满脸满身盖了红的白的荷花瓣，恍如盖了一面彩旗。翠妮禁不住咯咯咯笑了。往常，老人听到笑，睁开眼见到满身花瓣，总会面带微笑骂翠妮几句，翠妮总是偷眼看她，抿着嘴笑。可这次老人没醒。翠妮静静等着，把那束光秃秃的荷花梗举在胸口，她低下头看看，荷花梗上便开出别人看不见的花朵，她又抬起头望着远方。无穷的远方仍是丰收的田野。立着的人，弯腰的人，跑来跑去的人，交织在大片绚烂、哀伤的风景里。翠妮收回目光，又看看老人。老人还不醒，翠妮等不得了，推了推老人，老人脸上滑下几片花瓣，小椿树又簌簌掉下黄叶，一片，又一片，盖了老人露出来的脸。翠妮再次抬起头，远方带着丰收的喜悦和肃穆，蜂拥着，缩进她的眼睛里。

只剩一线的月亮如瞎了一半的眼睛，空空洞洞地瞅着山脚的小村子。村里人久久不能成眠。他们在被窝里坐起，说你听听，龙光明老婆那哭声，比杀猪还难听。是啊是啊，另一个人附和，人一死，就数她最孝顺了。

葬礼进行得很热烈，锣鼓尽情敲，狮子尽情耍，哭丧的尽情哭，连天地的色泽都为葬礼很好地渲染了气氛，天青到不能再青，地黄到不能再黄，成片成片大涂大染的颜色，有一种平静而又浓烈的哀伤。村里好多人搁下手中的活儿来帮忙。龙光明说："哪个再说我不孝顺，让他睁开狗眼来瞧瞧！"

村人在葬礼上只见到翠妮一次。嫂子跪在火盆前，哭了一巴掌鼻涕。一叠一叠黄钱扔进火里，卷曲着烧成灰烬。翠妮蹲在旁边，怀抱几朵娇艳的红荷花，荷花和火光映在她脸上，她的脸便有了几分飘忽、几分不确定。她伸手撕了一片荷花，扑——扔进火里，火被压住了，哽咽了一下，又"蓬"地旺起来，她的眼睛在火光里晶亮地一闪，又撕了一片荷花——忽然，嫂子一巴掌拍过来，把她手里的花瓣拍掉了，又去夺她怀里的荷花，她死命抱住，红艳艳的荷花抓散了，落了满地，她还紧紧攥着荷花梗，荷花梗细密的小刺在她脸上划了长长一条道，又刺了嫂子的手。嫂子急急抽回手，抚着手背，骂道："没良心的，老太太天天夸你，疼你，人死了，怎么不见你号一声，磕个头？"又伸手去推翠妮，要翠妮跪。翠妮扭着身子，不跪，盯着嫂子，白眼珠猛地翻上去，一张脸鬼魅似的，丑陋而凶狠。嫂子不提防，吓得倒抽一口冷气，一撒手，翠妮跑远了。

好几天不见翠妮。村人暗地里议论，翠妮会不会找她妈去了？她妈在哪儿呢？村里的大人尚且不知道，翠妮如何知道，就算知道，她一个小女孩儿，何况还是个傻子，又如何走得了远路？路上倘若遇到歹人，见她那么干干净净的脸蛋儿，保不准不会起邪念。她哪还有路走？村人不敢再想。那么，是找她亲戚去了？可村里人都知道，翠妮除了老龙太，再无一个可靠的亲戚了。议论来议论去，没个结果。日子一天一天过去，仍不见翠妮，村人的议论就有些不着边际了。有人说，翠妮不会是老龙太接去了吧？老龙太怎么丢得下翠妮呢？说这话的人自然免不了被旁人一顿批，可批斗完了，大家却沉默了，脊梁骨一阵阵冷，从此有心无心的，总多注意一眼村里的沟沟汊汊，几日下来，也并未见尸体浮起。

又过了些日子，村人再提起翠妮，就只剩下叹息了。不止一个人想起她那张脸，不高兴时会翻白眼，平时总那么望着远处，她望什么呢？人们又附会出种种神秘的解释。话题渐渐远离了翠妮，牵扯到世间万象，人世悲苦，人们心里某个柔软的地方被触动着，在一种平缓的悲伤里，得到了莫大的安慰。

忙完秋收，翠妮仍未出现，村人渐渐不再提起她，似乎认为这样悄无声息的消失本就是她命定的归宿，只是偶尔抬头，看不见、听不见草垛间老龙太和翠妮追逐，才隐隐觉得少了点儿什么，又说不出那具体是什么。光秃秃的田野里，褐色的稻茬零星冒出一些绿芽儿，远远看上去一派宁静，疏疏落落立着些红的马、黑的水牛，马和水牛低头揪嫩稻芽儿吃，大白牙齿磨过来，磨过去，时而又莫名其妙停住。它们的尾巴寂寥地扫过来，又扫过去，使稻田里的积水有了细小的波纹，把天色都搅乱了。水面映出蓝的天、白的云，那些水泡泡犹如一滴滴坠落的泪，稳稳搁在土地的心窝里。此时，土地活像一个生产的女人，经过漫长的妊娠和剧烈的疼痛，产出一些东西，譬如粮仓里等待回到土地的谷子；又补充进一些东西，譬如躺在地底下等待轮回的老龙太。土地既干瘪了，又充盈了，额头爬上疲倦的皱纹，眼角眉梢却有了几分喜气，手脚懒懒地搁置着，静静蓄积着力量，好似转眼就可以握住某件东西，好似站起来就可以走到某个很遥远的地方。沉静之中的等待是那么有力、安详、动人心魄。

这一天，罗春城媳妇正清理田垄，一面和旁边田里的女人说闲话，腰弯下后，又直起来，眼睛眯缝起，嘴巴慢慢张开。

"翠妮！翠妮——"

罗春城媳妇手搭凉棚，望着远处的那个女孩儿，惊喜得脸红心跳。旁边的女人也直起腰，随她的视线望过去。

翠妮仍穿着那件干干净净的蓝底白碎花衬衫，脚上套了一双崭新的白色运动鞋，怀抱一大束水淋淋的红荷花，荷花异常硕大，笼住了翠妮的半张脸，只看得见她的眼睛、额头，有些乱的头发……

……老田把荷花递到翠妮手中，又拍拍翠妮脚上的新鞋，啧啧嘴说，真好看，翠妮真好看！翠妮眼睛眨巴着，好似两只扑闪着美丽翅膀的黑花蝴蝶。老田轻轻咳了一声，望望远处已经露出破败相的荷花田，又说："翠妮，你明天别来这儿了，明天这儿的水要淘干，要挖藕了，没有荷花了。"翠妮没翻白眼，睫毛抖了抖，不说话，低下头，把半张脸埋进苦涩、清香的荷花丛中。

翠妮抱着荷花，朝罗春城媳妇这边慢悠悠地走过来。旁边那女人忽然小声说，听龙光明两口子说了，找回了翠妮，他们就把她送人。罗春城媳妇吃惊地望着她，送给谁呢？天底下这么多人家，哪有人家会要这样一个女孩儿？那女人越发压低了声音，真送人倒好了，就怕是卖……罗春城媳妇脸色陡变。两个女人都不说话了，又一齐望着翠妮。

"翠妮——"

翠妮不答应她们，慢悠悠地走，走到一堆缓缓燃烧的草垛边，停下来，撕了一片花瓣，扔进火里，红色的花瓣给红色的火苗裹住了，滋滋滋响，渐渐卷曲起来，发出一股苦涩的臭味，丰厚的红色花瓣不一会儿就变成了一块黑黑的硬壳。翠妮怔怔地看了一会儿，又往里扔了一片花瓣，再往前走，到另一个燃烧的草垛边，又撕下几片花瓣，扔进火里。这时候，田野萧疏、寂静。下午的阳光明晃晃亮着，寂静越加广阔了。在这一望无际的静里，突然拱出一个脆生生的声音，好似大冬天里一个嫩嫩的青草芽儿。两个女人面面相觑，以为自己的耳朵出毛病了。很快，那声音又拱出来了，向她们证实，她们的耳朵并未出毛病。她们看到翠妮往火堆里扔进几片荷花，走几步，回头看看，喊一声，很焦急的样子。"翠妮不是哑巴！"罗春城媳妇急切地对旁边的女人说，像要得到她的证实。那女人也很激动，满脸含笑，说真不是哑巴。可她喊的是什么呢？什么"烧化""烧化"？不是，不是，罗春城媳妇不同意。两个女人竖起耳朵，眼巴巴望着翠妮，她们隐约看到翠妮一脸焦灼，似乎想伸手抓出火里的花瓣，却不敢伸手，可同时，她又不断扯下花瓣，朝火堆里扔进去，嘴里喊着：

"烧花嘞——烧花——"

2008 年 5 月 3 日

礼佛

老人踮着一双小脚，点了一炷香，往香炉里添足香面，然后将红红的香头折下，插入淡绿色的香面中。

那是一座小小的寺庙。寺庙坐东朝西，背靠一座矮矮的土山，山后天色碧澄，无限高远。空心砖院墙挤着两扇暗灰的门，门关着，阒寂无声。门两侧，金色的对联早已磨灭在年岁的风霜里，露出暗乌的木板。门楣因有瓦片遮挡，"白水寺"几个篆体金字仍旧清晰可见。冬天的太阳光里，三个大字泛着淡淡的光彩。老女人和小女孩并排站着，隔了八十年的时间，同一缕阳光照在身上，温暖，轻飘，恍若不经意拂落的灰尘。老人不识字，小女孩也看不懂门楣上的字。她们一齐抬头望了望。老人低下头，拄着竹棍，两只小脚踮着，踩高跷似的挪了几步，小女孩放下手里装满香火纸钱的篮子，挽住她的手臂，扶她走向一块七棱八角的暗红石头，面朝寺门坐下。小女孩的头发垂到耳朵根，给风吹到眼前，伸手一撩，那头发又服帖了。她刚满八岁，在不远处的一所小学读一年级。本来，按照她的年龄，该读二年级的，偏偏她这一届的人多，当年报不上名，只好推后一年。她也无所谓，仍在野地里疯。如今上学了，放学后也是一样。天蓝得无边无际，火辣辣的太阳成天悬着，晒黑的不光是她的脸，脖子、手、脚，也一律那么黑黑的，闪着亮。村里人就在她的名字前添了个黑字，叫她黑玉。黑玉穿一件大红毛衣，将脸衬得更黑了。她面对老人站着，脸却扭向右后方。

眼前是一块十来米见方的院子，青灰色水泥地面，晃晃地反射着阳光。水泥地中央，突起一个水泥台子，台子上，立着一棵"酸葩树"，两人来高，叶子像枇杷树叶子，却更宽，也更长，覆一层蜡质，太阳下，泛着幽静的光。院子东面是一堵墙，墙南面留了个便道，墙中间，抠出一个圆形门洞，通向里面的院子。墙用石灰粉刷了，隔一段，画一幅画，隔一段，又一幅画。画的是龙、虎，还有牡丹、荷花、垂柳。八年前刚画上去时，一定红红绿绿，热热闹闹。如今，这些画几乎给雨水冲刷干净，只剩下一些模糊的轮廓了，恍如寺庙里袅娜的烟气。院子北边，是三间双层楼房，好大年岁了。楼上规划得严丝合缝，楼下却旷着，三间房通成一大间，摆了四五张桌子和一些凳子。平日，常有人来打麻将，大多是附近几个村子里的，有老人，也有不少游手好闲的年轻人。麻将声哗啦哗啦，人声也哗啦哗啦，在寺庙的墙壁之间撞来撞去，直到日薄西山，人们才渐渐消去。院子南边也是三间大房，与北边的一样高，却只有一层，屋檐下齐齐打起一堵高墙，中间是两扇门，挂着一把黑沉的大锁。大房子和寺庙大门南侧的院墙之间，搭了一个屋顶，装了一扇门，夹缝之间，就是一间房屋了，麻雀虽小，却是五脏俱全。那简易的门上，也挂了一把锁。

寺里不见一个人影。

老人三年前来过。白水寺是八年前新修复的，自修复后，看守寺庙的一直是个老头。那老头按辈分还得喊老人一声嫂子，两年前，那老头死了，寺庙似乎一下子空了。空了几个月，听说找了个年老的斋太来守寺。村里有人不同意，议论了一阵子，也就不言语了。三年来，老人一直没到过这儿，也没见过那个斋太。想必那斋太就住在大门后的小屋。老人挪到门前，摇了摇门上的锁，锁发出暗哑的声音，老人又举手拍了拍门，门啪啪响了两声，像两片凋落的枯叶，像是给老人的一点儿安慰。老人喘了两口气，脸贴近门缝，朝里张了张。门后灰蒙蒙的，老半天才看清是一个牛角状的房间，较宽的那头放一张床，床上挂了蚊帐，较窄的那头放锅碗瓢盆，除此之外，只有两个凳子。人不在，老人自言自语，有几分失落。怔了一会儿，朝门洞走去。黑玉提着篮子跟上。

原来，门洞那儿，爬上三级台阶，又是一个院子。这个院子比前面的院子小，石板地面，凹凸不平的表面在悠长年岁里让无数柔软的鞋底磨平了，磨光了。院子北边破破烂烂的房间里，有几块石碑，其中一块残破的，老人的母亲见过，老人年轻时也见过，老人的丈夫，包括死掉的女儿，也都见过。石碑是寺里最古老的东西，是光绪二年重修白水寺时刻的，碑上说，白水寺已有近千年历史。老人弓着腰，脸几乎贴到石阶，手脚并用，爬上通往大殿的七级台阶。台阶两侧，两块护栏石，被无数到这里玩耍的孩子当作滑梯，磨得精滑。孩子们来了一批，又走了，又来了一批，欢声笑语云彩似的，在这儿聚散。这时候，一切却都哑着，只有满院阳光游动。

五十多年过去了，偶然想起，那个极其遥远的清晨，也是这样，晴朗，明亮，听不见一丝声响。那时候，刚解放，白水寺被改造为附近几个村子的粮仓。两个院子南北两边的四间房子都堆满了粮食，时常散发着潮热的霉味。只有大殿空着，村里的几个干部住里面，白天黑夜轮换着看守粮食。那天早晨，太阳异常耀眼，碎玻璃碴似的，切割着死寂的空间。陆续聚集到白水寺的附近几个村的农民，呆笨，臃肿，沉滞，木着脸，没看一眼四周一夜之间空下来的粮仓，只杵在大殿前的院中，看地上横七竖八的人。人是死人。头天晚上还是活人。此时，他们停止了呼吸，也停止了流血，以一种极度厌倦的神态，躺在石板地上，对村人的注视漠不关心。紫色的血凝在石板缝间，形成无数条小溪流，犹若一张无法躲避的网。太阳晒得人们头皮发麻，浑身热涨，晒得死尸蠢蠢欲动，似乎要活过来。四具死尸中间，有个十八岁的大男孩，是县上派下来的村长，他仰面躺在两具趴着的死尸中间，大展开手脚，整个胸口红艳艳的，头向后垂落，呆看天。人们看到他正一点，一点地，活过来。

人群外围，一个大肚子的少妇拉着一个四岁左右的小女孩站着。少妇丰肥高大，穿一身蓝；小女孩细细小小，穿一身红。蓝的像水，红的像火，如泣如诉。有人朝少妇喊，白金凤，白金凤。她没答应，她看着那个男孩子的脸，感到那张脸高深莫测。那人又喊，白金凤，你家那个不在，你瞧什么？白金凤回过神来，瞅着那人。那人看到她的那张宽大白净的脸正一点，一点地，死过去。

五十多年前的那个夜里，一群强匪洗劫了白水寺。那时，村里人正睡得烂熟。黑沉沉的夜里，先是一阵狗叫，将人们从好梦中吵醒，人们侧着脑袋，将耳朵逼近墙角。村里的狗吠相互呼应，响成一片，夜，愈加幽静了。过了好一会儿，很突然地，响起一声枪声，马上，又响起一声，枪声响成一片，隐隐地，还听到许多人呼喊。狗吠，一声也听不到了。人们听得出枪声来自白水寺方向，但谁也不敢动，直怕得上牙磕下牙，好似满嘴跑牙齿。说不清那枪声持续了多久，后来，渐渐稀了。后来，又响起一片脚步声，啪嗒啪嗒，也渐渐远了。人们满嘴牙齿乱跑，仍旧侧着脑袋，耳朵逼近墙角，却听不见一声狗吠。似乎，几个村子的狗都死绝了。

那晚，看守粮仓的人并未死光。一个跳出寺院后墙，藏在水沟里跑了，跑到家后，才发现身上只穿了一条内裤；还有一个，给土匪带到寺后的悬崖边，砍了两刀，自己滚下悬崖，装死，浑身是血，挣扎着爬回了家。此外，还有两个全模全样的。其中一个，就是白金凤的丈夫周海川。

那天太阳落山，周海川和另一个人没留在寺里守夜，而是回到了家里。周海川回到家时，白金凤还坐在院子里纺线。她的手不停地转动着，纺线车的轱辘也随之转动。看到周海川回来，她有些意外。怎么回来了？她仰起脸望着他。他的脸是暗的，看不清五官。身上有点儿不自在，周海川回答，我和他们说了一声，今晚回家睡。白金凤没再问什么，她看着他，怎么也看不清他的五官。

不想，当天晚上白水寺出事了。

周海川还躺着，白金凤起了，拉了女儿往白水寺奔。看到院子里躺着的死人，白金凤吓得浑身冷战，对着大殿，暗暗念佛。菩萨保佑！菩萨保佑！周海川算是逃过这劫了。可别人问了她那句话，她一下子明白过来，周海川的劫是逃不过去了。

当天晚上，白金凤和周海川说了白水寺的情形，周海川也知道，事情不好了。你说老实话，你和那些土匪有没有勾连？白金凤说完，直直盯着丈夫的眼睛。周海川皱着眉头，一脸苦相，哪有什么勾连？就只是……就只是……白金凤瞪着他，就只是什么？周海川鼻尖冒汗，叹了口气，就只是几天前，老包跟我和老金打了个招呼，叫我们昨晚上别留在寺里。听说老包也在土匪窝里。白金凤盯着丈夫，张着嘴巴，半天不言语，眼泪却顺着发根流下来。周海川说，不要哭。她真个哭出声了。一晚上，她的哭声也没断过。只听她一面哭，一面说，救苦救难的观世音菩萨呀！以后这日子怎么过！女儿先睡了，不时给她的哭声惊醒，又睡过去，醒过来时，怔怔地望望爹，又望望娘。周海川更急，又不知道怎么办，逃，也没地方逃，听着媳妇的哭声，挺到第二天，直到抓捕的人来，挺不住了，眼泪鼻涕一齐出来。那时候，白金凤倒不哭了，哭够了似的。她擦了一把脸，理顺了头发，走出房门，招呼抓捕的人，让他们等一等。抓捕的人也是附近村子的，大伙儿望望她水红的眼睛，同意了。她给丈夫热了水，洗漱干净了，又给丈夫做了饭菜，吃饱了。等的人也等急了，是该走了。丈夫哭了，说你今后这日子怎么过呀？她挺着大肚子，拉了哭喊的女儿，鼻孔酸了酸，喉咙哽了哽，没哭出声。

老人爬上七级台阶，又停下来，拄着竹棍，大口喘气。寺庙前廊两端的墙壁，南面画着二郎神，北面画着值日功曹，皆是龇牙咧嘴，凶神恶煞。那是八年前最近一次重修寺庙时画的，鲜亮的颜色也已暗褪。大殿是打通的三间房，左右两间房的板壁是几年前新置的，装了玻璃窗，经年灰尘堆积，已不清亮。中间一间房的板壁是旧的，全是四四方方的格子门。每一小格皆沾了灰尘，透过菱形窗格，可以看见大殿里的摆设。最中央的两扇格子门是大门，大门上方，悬一块匾，写的是"慈航普渡"几个金字。门两侧的对联，北边一联是：神灵殿上求支简运通达；南边一联是：庙佛堂前烧炷香保平安。

老人和孩子没看这些。黑玉扶老人爬到大殿门前，放下篮子，扭身往西看。太阳还好好地在山顶悬着，西边的天呈蓝灰色，像蒙了一层明亮的薄雾，看不见一丝云，只见墨黑的燕子，被风吹动的枯叶似的，聚了又散，散了又聚。越往东看，天越高，也越蓝。那无限高的天罩着的地，有一片绿，又有一片黄，还有一片黑。绿的是小麦，黄的是菜花，黑的是村庄。人芝麻粒儿一样，散落在这地上，寻着各自的一份狭小而丰腴的生活。

黑玉转身推开大殿的门，扶老人走进去，又关上。大殿有两层楼那么高，抬头见瓦，瓦缝间，可见水蓝的天。全部的梁、柱子、椽子都是乌黑一色，是多年前白水寺失火给烧的，也是成天给香火熏黑的。大殿中间支着一笼帐子，也给烟火熏得发黑了，又积了灰尘，中间沉甸甸地坠着。那帐子里，供奉着观世音菩萨，是自己村里的匠人用泥巴塑的，坐姿，一米多高，脸肥胖浑圆，鼻子矮矮，和画上去的差不多。大观音前面，还有十来个一尺多高的小观音，石灰烧制，是善男信女们送来的。大小观音，皆灰头土脸。观音帐边也有对联，南边的是：玉袖香云开法界；北边的是：珠林花雨静禅心。观音两侧，往后缩一些，又各有一笼帐子，南边是文昌帝，北边是弥勒佛，同样是村里匠人的手笔。南北两帐前有一个供人跪拜的黄色蒲团，中间观音像前，还有一张供桌，桌上摆着一个大黄铜色香炉，香炉旁侧是一个磬和一盘檀香。大殿南北两边的墙壁之下也各有一张桌子，桌上各有一个香炉。

黑玉将篮子放在正对大门的供桌上，转身往四面看。大殿南北两边的白石灰墙上画了十八罗汉，形态各异，威严肃穆，黑玉看完南边的，又看北边的，每看一个，她便照着罗汉的样子，摆一个动作。看到北边的第三个，她蹲下身子，扭着脚，举起手，装作攥住了一条蛇，没想到没蹲稳，一屁股跌坐地上，憋不住，笑出了声。

老人踮着一双小脚，点了一炷香，往香炉里添足香面，然后将红红的香头折下，插入淡绿色的香面中。那香面是香柏树枝磨成的，遇火即燃，立时腾起一股袅袅白烟，大殿里，清幽、宁静的气息瞬间弥散。又从瓦缝间钻出去，钻进湛蓝浩渺的苍穹。老人忙忙叨叨，不停挥着手，她的手背手臂和脸一样虚肥，且长了大大小小褐色的老人斑，如同老树皮上长了一块块青蛙皮似的青苔。手腕上，各有一只翠玉镯子——镯子是结婚时的陪嫁，年轻时，两条手臂浑圆光洁，镯子温润青翠。如今，手臂枯了，镯子，也暗了。跟随老人的动作，镯子上下跳动，似乎要脱离手掌。

老人听见黑玉的笑声，转过头来，刚好对上黑玉水灵水透的黑眼睛，一时间，绷着的脸松开了。黑玉眼睛里漾着笑，扭着身子，调皮地瞅着阿祖。老人眼里也漾开了笑，蜡黄虚肥的脸庞光彩明亮。不恭恭敬敬的，等观音老母怪罪，老人望着黑玉，埋怨道，脸上仍是笑着，那笑更明亮了。黑玉仍那么歪在地上，咧着嘴瞅着她。过来，老人嗔怪道，拿这个纸钱，到佛老爷前头烧化。黑玉站起来，嬉笑着，提了篮子，先在观音像前烧了，又在其他地方烧了。黄色的纸钱给红红的火苗舔着，卷曲着飞升，空气中弥漫着浓重的烧纸气味。黑玉做着这些事，眼睛闪亮着，嘴角始终挂着一点儿湿润的笑。老人则满脸端肃，不拄竹棍了，偻了背，踩高跷似的走到各处磕头，先在观音像前磕头，又在文昌、弥勒像前磕头，再在十八罗汉前磕头。

黑玉烧完纸钱，无事可做，木在大殿中央，这边瞅瞅，那边瞧瞧，又不敢太放肆，十八罗汉也看厌了，只好扭头看西面的板壁。太阳正嵌在格子门中间。大殿当中的地上，印着一个个仿佛烟线画出来的格子，两边的地上，则是从玻璃窗射进来的大片光亮。这时，老人磕头磕到弥勒佛前了，扭头一看黑玉，责备道，也不给观音老母磕个头！黑玉嘻嘻一笑，直着身子在观音像前跪下，磕了个头，站起来了。老人望着她，又责备道，怎么一个就完了，磕三个。黑玉又嘻嘻一笑，又跪下去磕了两个头。老人也笑了，转回头，继续磕自己的。黑玉兴致上来了，在大殿里的每个蒲团上都跪下磕了三个头，磕完了，老人还剩一大半没磕。老人见黑玉不耐烦，就说，你点一炷香，插到大院的香炉里。黑玉巴不得出去，她拿了一炷香，点着了，开门跑出去。

老人肥大虚弱的身躯跪下，磕三个头，站起来，喘几口大气，作个揖，又跪下，再磕三个头，如是往复，一共三次，才算拜完一个佛。

那天的天气记不起来了，似乎是个大晴天，又似乎阴着。白金凤扛了锄头，正要出门，村长出现在她家门前。她知道村长要说什么，总不过说她是小脚，下地干活等于白拿工分。她没猜错。村长挡在她面前，干咳了两声，舔了舔嘴唇，说，今天你就别下地干活了。她瞪着村长，说，大叔，你说得轻巧，不下地干活，我们娘仨吃什么？他们的爹又不在，你叫我们吃什么！村长硬树桩头一样栽在她面前，不动，又舔了舔嘴唇，说，周海川出事了，死了。

那天，像往常一样，村里人看见白金凤踮了一双小脚，像其他大脚女人一样，挥着锄头挖地。白金凤没掉一滴眼泪。她不相信。怎么能相信呢？说是一个大男人，被判了二十三年刑，在劳改处待了三年，每天不停地算还有多少时间才能出去：一年有365天，一天有24小时，一小时有60分钟，一分钟又有60秒钟，这么算下来，一年就有三千多万秒，那二十年，就得六亿多秒，想想熬不到头了，竟然急死了！她白金凤不是小孩子，不会相信这种编给小孩子听的故事。她得等，等二十年，周海川就出来了，就回家来了。可不知道为什么，心里虚得要命，眼泪在眼眶里直打转。

在听到周海川的死讯后，白金凤满怀希望和绝望地等了二十年，周海川没回来。她想周海川一定给什么事绊住了，一时半会儿回不来，又满怀绝望和希望地等了两年，周海川还是没回来。那时候，女儿早已嫁到邻近的村子，小儿子也结婚生子了。她决定到省城找周海川。她一双小脚到了省城，托隔壁村在省城广播站工作的一个人查找，几经周折，竟然找到了。

没人清楚白金凤见到丈夫的骨灰盒时的具体表现，只是，听那个在广播站工作的邻村人说，白金凤抱了骨灰盒号啕大哭，泪水浸湿了骨灰盒，骨灰盒重了许多。那个年代，从省城回到县里，坐汽车，得曲里拐弯爬四昼夜山路。白金凤花光身上所有的钱，包了辆汽车，带了丈夫的骨灰盒，回家了。路上，奇怪的事发生了。汽车走着走着，不动了。油门加到最大，轮子飞速旋转，就是不动了。开车的师傅上车下车，这儿敲敲那儿碰碰，什么都检查了，也查不出原因。正当开车师傅一筹莫展时，白金凤拍了拍身边的骨灰盒，说，老豹子咬的，不要乱来，跟我回家。车动了。接下去的路上，车子再停下来，白金凤就如此这般弄一下，没有一次不灵验的。车开到县里，开车师傅已是满头大汗……

　　大殿前的院子，靠墙有个石头打的香炉，黑玉把香插好了，回过头看，老人磕头还没磕完。她记起刚进来时，看到大殿南边好像还有个小院，跑过去一看，果不其然，是有个院子。走进去，迎面五六株高大的柏树，柏树中间是一条水泥小路，路尽头，是一间空心砖墙的小房子。房子左右各一道小门，窗子由几根竖着钉起来的木条充当。黑玉跑近了，才发现两扇门都锁了。她攀住木条，身子往上一提，看到屋里有一个半人来高的水泥台，台上有一只大香炉，香炉后面，摆放了好些泥塑动物，从左往右，依次是鸡、狗、猪、马、牛、羊。香炉正对着的是猪，猪不比其他，不是一只，而是一群，一头大黑母猪两侧，还站了十多只小黑猪，一只只昂着头，卷着尾巴，憨态可掬。黑玉看了一会儿，再看看锁，确实锁着，四下看了看，就想起门口守寺的老斋太。

　　黑玉一溜小跑拐出院子，到了寺门口，守寺人的小门开着，心想老斋太回来了。站在门口，往里瞅了瞅，并不见什么老斋太，只看见奶孙两个正说着什么。小男孩手里捏个小号蛇皮口袋，说还要去，奶奶说，太阳落了，不要去了，去了又不敢回来。小男孩说，哪个不敢回来了，昨晚上我又没有叫你去接我。可无论小男孩怎么说，奶奶还是不答应。小男孩就拽了奶奶的一只袖子，不乐意地扭着身子。小男孩看上去比黑玉略小一些，肤色和小女孩差不多，脸圆圆的、粗手粗脚，显得特别铁实，和黑玉一样，也穿一件大红色套头毛衣，毛衣旧了，领子、袖口和下摆松松垮垮，脏了一圈。

　　小男孩转过身子，望着黑玉，你找哪个？黑玉脸上突地一热，呆呆地站着，说，我找守寺的。奶奶瞪了孙子一眼，甩开他的手，望着黑玉，问什么事。黑玉看了她好一会儿，觉得她不像斋太，但仍和她说了找钥匙的话。老人看着她，说，你一个人？黑玉说，还有我阿祖，她在大殿里烧香呢。老人往大殿看了看，就从墙上取下一串钥匙递给黑玉。大大小小几把钥匙由一串麻绳拴着，麻绳经了无数人的手，变黑了。你每把钥匙都试试，老人说，我也记不清是哪一把了。这时候，老人身后的小男孩说，我晓得，我和你去。说着，从老人身后跳出来，老人慌忙一让，笑骂道，你这个猴子。小男孩笑着，拿过黑玉手里的钥匙，说，你和我来。两个孩子一齐往小院子跑过去，小男孩只试了一次，就打开了门。

推门进去，昏晕的日光从门洞涌入，那些泥塑的动物似乎大了很多，也鲜亮了很多。

　　老人拜完了佛，走出大殿，又在石香炉里插了三炷香，拜了三拜，站起来，出了一会儿神。院子的石缝里长了青苔和枯草，旧年的血不知道流到什么地方去了，老人想不出。走下院子，守寺的老人看见了，递过来一张小凳子，说你坐坐，我孙子带你孙女儿看猪去了。老人也就坐了，说，什么孙女儿，重外孙女儿了。守寺的老人说，那是你好福气，连重外孙女都有了。老人叹一口气，说，不说么也不想，说起来这辈子就没过过什么好日子，咸鱼听了都会淌眼泪的。

　　太阳贴到山顶了。山顶的一片天空越加白、净、静，又有些灰和亮，好似磨砂玻璃。一片云也没有，只见星星点点的鸟儿，一群一群的，飘上去又荡下来，海波里的小船一般。许多鸟儿往东飞，有些就停在寺后那几株高大的柏树上，满树叽叽喳喳，却看不见一只鸟儿。小小的寺院更添了一份空寂。大殿的屋顶给夕照晕着，有一种古旧没落的气息。今天是农历腊月二十六，再过两天就打春。这时，夕阳西下，热气消散，空气里仍旧有残冬的寒冷在蠢动。守寺的老人想起什么，走到寺门口，喊孙子，孙子转过身来。守寺的老人说，你不要和姐姐打架，你是男孩子，要让着点儿，别跟在家里一样，成天和你姐闹架。小男孩早转回去了，头也不回。看两个孩子走远，两件红衣小成两个红点儿，守寺的老人才回来，坐下，两个老人斜对着，说些家长里短的话。

老人问守寺的老人是什么地方的，是哪一家。守寺的老人说了，老人想起来了，说那是谁家谁家，以前还走到过的。守寺的老人却说不是那家，老人又说那是那家了，守寺的老人也说不是，连说了几次，也说不对。老人就不再说了，记忆在过去的年岁里打转转，如同走进了一条庞杂的胡同，看似熟悉，却又全然陌生，找不到一条出路。夕阳从寺后那几株柏树树梢下来，在黑黑的大殿屋顶停一会儿，将一片艳红的麻龙花照亮一阵，又滑落下来，经了里边的院子，外面的院子，又在那株"酸杷树"上迟延一会儿。两个老人坐在半明半暗中，述说着那些早已不存在这个世界上的人和事。

两个孩子还未回来。倒是进来了五六个十来岁的男孩子，跨了单车，围着"酸杷树"转了几圈，吵闹着，又离开了。小小的寺庙里，陡然一亮，又黯然了。过了一会儿，寺门口停了三辆摩托，进来三个男人，都是四十来岁光景，西装皮鞋，不像附近村子的。几个人也不和守门的老人打招呼，看看院子北边的屋子没人，就在"酸杷树"边站着，等了好一会儿，其中一个干脆蹲在树边的水泥台上。又过了一会儿，三个人不耐烦了，一拥而出，门外传来摩托发动声。摩托开远了。两个孩子还未回来。看看太阳落山了，两个老人有些心焦，又明白不会出什么事，也就耐下心等待。

还有四天就过年了，过年时，村里村外一片欢腾的鞭炮声，寺里会聚很多人，都是来祈求来年的吉利的，说话声拜佛声充满小小的寺庙。此时，一切却都静着。寂静中，太阳下落得越来越快，不久，已然落到山那边。四周的山黑黢黢的，像青铜铸的野兽。地面仿佛一下子层叠了许多暗影。田里的农民扛了锄头回家了，孩子还在外面疯。天是愈发高了，浅蓝色，清淡、素净，不见了归巢的燕子，就像在细雨霏霏的日子一样。唯独西边天脚有一片弯弯的云，好比黑暗里火柴头刺啦一声擦出来的一缕火光，红得耀眼、热烈、孤独。

老人要走了，黑玉扶她站起，又拿了竹棍递到她手中，自己提了篮子。老人看到她的衣兜鼓鼓的，想开口，话到嘴边，又忍住了。

守寺的老人苦留不住她们，和孙子站在寺门口目送她们离开。守寺的老人说，阿姐，以后经常来坐坐。老人回过头，说只要走得动，以后常来和大妹子说说话。夕光里，老人衰老的脸微笑着，好似从一片蓝色的水中浮上来。老人和黑玉转回头，生在一起的两棵树似的，挨得紧紧的，一步一步走了。她们吃过晌午饭起身，到太阳只剩两竹竿，走了两公里土路，过了两个村子，才到白水寺。现在天黑了，回去怕要花更多时间。走了很远，黑玉回过头来，还看到老人和小男孩站在门口，凝望着她们。小男孩看见她转回头，不好意思了，咿呀喊了一声，挥舞着手，扭头跑开了。黑玉嬉笑着，转回头搀了老人。

2008年2月10日初稿

2008年2月11日修改

小偷

红艳艳的带子划破黄昏的空气，安静地落在那堆热腾腾冒着臭气的猪粪上。

盛夏的太阳挂在屋檐下，斜斜射出一道道橘黄色的光线。桉树梢头细长如刀的叶子碎碎地摇晃，翻出背面耀眼的白色。树梢的影子伸进院子，爬到女人们脚下，女人们浑然不觉。女人们聚集在刘家院子里。又一个女人急慌慌地从大门口小跑进来。这个女人右手袖子高高卷着，攥着一把大锅铲。女人到了院子里，撩起油腻腻的紫色围裙，擦了擦油腻腻的双手，随后放下围裙，攥紧锅铲，咬了咬牙，迅速扫了其他女人一眼，她们脸上如临大敌的表情，令她不由得拧紧眉头，盯着王仙枝。"怎么样了？"她气喘吁吁地问。

"不晓得。"王仙枝皱着眉，摇摇头说。她抱着三个月大的儿子，轻轻地颠着。儿子睡着了，粉嘟嘟的脸颊挂着两三颗泪珠，嘴巴还叼着她的乳头。她低头看了儿子一眼，生怕吵醒他。看到儿子睡得很香，她抬起头，望了嫂子一眼，朝房门努努嘴说："一直在里面，一点儿响动没有。"

房门从外面扣住后，用一根松树枝插上了。墙上有三扇窗户，窗户里面垂着两块深蓝色的窗帘，窗帘纹丝不动，屋里什么也看不见。

"哪个看到的?"刘达英问。

"小雨。"王仙枝说。

女人们一致把目光转向站在墙角的小雨。小雨低着头，用一只脚蹭着另一只脚，两手揉着白纱短裙，使得裙子下摆一边高一边低，高的一边露出红了一块的膝盖。听到母亲的话后，她开始抽泣，瘦瘦的肩膀一抖一抖的。

"哭什么!"王仙枝说，"问问你瞧见什么，又不是要吃你。"

"别吓到孩子，"刘达英说，"碰到这种事，大人都怕。"

"就是，"一个花白头发的女人附和道，"听说几年前龙家山有一家人被偷了。那家里就老两口和小两口，小两口才结婚没几天，窗子上的大红喜字还没揭下呢。老两口耳重，听见堂屋里窸窸窣窣的，以为是老鼠，老头子拍着床板说，挨千刀的老鼠，白天黑夜闹腾什么，吵得人睡不着觉。老太太也跟着骂，说明天去买两包老鼠药，看你们再闹。那老头子还不让老太太说，说是怕老鼠听到，不吃老鼠药了。哪晓得老两口在这边屋子里你一言我一语地说话，另外一间屋子里出大事了。另一间屋子里的小两口可是听得清清楚楚，那哪是什么老鼠闹啊，分明是贼在堂屋里翻箱倒柜呢。你说这贼的胆子大不大？两边都睡着人，他竟然敢在中间屋子里偷东西！那家人的儿子年轻呀，又刚结婚，想在媳妇面前逞能呢，摸索着爬起来，在桌上摸了把水果刀就要开门出去。媳妇拉住他，不让他出去，他哪儿肯依，媳妇若是不拉还好，没准他一怕，就不出去了，媳妇这一拉，等于推了他一把，他门一开就出去了。走进堂屋，才喊了一声是哪个，那堂屋里电筒一晃，照见他手里的刀子，一把刀子就捅进他心口子里了。那血啊淌得……"女人咂咂嘴，又摇摇头，不说了。

另外几个女人眼睛睁得大大的，只觉得汗毛倒竖，冷汗直冒，瞪眼瞧着花白头发的女人，隔了一会儿，问道："后来呢？那贼跑掉了？"

头发花白的女人睨了问话的女人一眼，叹一口气说："跑掉倒好了！原来贼有两个，看到倒在地下的人，一个说今晚的生意不好了，走吧。另一个踢了踢死人，说一不做二不休，人也杀了，不带点儿东西走划不来。千不该万不该，这时候那新姑娘晓得自己男人没了，忍不住呜咽了一声，你想那做贼的人耳朵多尖！一下子就听见了。两个贼悄悄摸过隔壁，静了一会儿，听出人躲在门背后，猛地推开门，其中一个抢过去蒙住了新姑娘的嘴，一把刀子横在她脖子上，那刀子还往下滴血，微微有点儿热呢，哪还敢叫呦！那新姑娘就给两个禽兽糟蹋了。糟蹋完了，说要带点东西走的那个，拿着那把血淋淋的刀子，说要杀新姑娘呢。那新姑娘身子也软了，话也说不出了，眼睛里含着眼泪。另外一个瞧不过去，把他的刀子抢了，说我们今晚作孽也做够了，积点儿阴功吧，饶了这女人。她跟我们这样了，也不好意思说出去。那新姑娘也可怜巴巴地瞅着要杀她的贼，眼泪哗哗的，一个劲儿点头。另外那个贼好说歹说，总算劝住了同伴，两个人在新房里搜了一堆东西拍拍屁股走了。第二天一大早，两个老人醒来，看到儿子死在堂屋里，哭得晕死过去。那新姑娘倒是不哭。有人报了警，派出所派了几个大盖帽下来，新姑娘在没人的地方，把头晚的事一五一十说了，连那两个贼长什么样都描画得全模全样。没费多少功夫两个贼就被抓到了，那个杀人的鞋底还沾着血迹呢。说都不消说，那杀人的判了个死刑。可没想到，没几天那新姑娘在新房里一根索子把自个儿吊死了。那贼枪毙的时候，还仰着头大叫，多少年后又是一条好汉。你说可恨不可恨？"

几个女人听得眼睛珠子快掉下来了，嘴巴也合不拢，好半天才回过神，七嘴八舌议论，其中一个年纪轻轻穿一件水红衬衫的似乎给吓住了，声音有些颤抖地说："不会吧，小偷不偷东西，怎么杀起人了？"

花白头发不免有些看不起她的短见，哼了一声说："贼偷东西也怕被抓到，当然会随身带刀子。被人瞧见了，也保不准会杀人。狗急还跳墙呢，何况人？"

大家不言语了，对眼下的处境又多了一分惊惧，但谁也不愿离开。

"老彭，你不要吓人，"刘达英说，她又攥了攥手里的锅铲，"你从哪儿听来那些话？说得那么怕人！从来打死的少，吓死的多。光天化日的，我们这么多人也不用怕。"她又转向小雨，"小雨，你说说，你瞧见什么了？"

小雨不揉裙子了，她躲在母亲身后，紧紧拽住母亲的裤子，露出半个脑袋，瞅着问她话的大妈，满脸的恐惧，几乎又要哭了。

"一个人……"

"什么人？在哪儿？"

小雨咬着下嘴唇，眼里泪花打转，说不出来。

王仙枝提了提小雨拽着的那条腿，小雨仍然不放手。"胆子怎么这么小！"王仙枝说。她望着嫂子，将已经说了好几遍的话又说了一遍："我正做饭呢，小雨洗完头发，在灶房里帮我烧火，后来听到小娃在房里哭，我说小雨你去瞧瞧，你弟弟是不是醒了。小雨跑过去，好半天不回来，我在灶房里喊她，我说小雨你做什么呢，还不把你弟弟抱过来？小雨说她找扎头发的红带子呢。我说你别找了，把你弟弟抱过来。可她还是不出来。过了一会儿，她弟弟哭得更响了，我跑出来，只见她弟弟躺在屋外，小雨背对着弟弟，拿一根松树枝从外面插门。我气坏了，说小雨你做什么，把你弟弟放地上？小雨插好门，转过身来，脸都白了。我吓了一跳，好好问她，她只是哭，好半天才说她找束头发的红带子，在大衣橱底下看到一个人。我问她是什么人，她说只看到他的脚，一双黄胶鞋破破烂烂的，比她爸的还大。你说，照她说的这个样子，那不是小偷是什么？再一想，小娃才哄睡着，怎么会醒？肯定是那小偷吵醒的。我家灶房离大门远，房间倒离大门近，进去个人也不晓得呀。"说完了，不忘加一句："小雨胆子小是小，可鬼精灵！换作大人，也想不到不声不响地抱出小娃来，还把门扣上。"

女人们虽然听了好几遍了，这次听完仍表现得跟刚刚听到一样。她们皱紧眉头，瞅瞅小雨，又瞅瞅那扇门，眼睛里漂浮着恐惧的暗影。

"真是亏得小雨及时抱出小娃，要不然……"头发花白的老彭咂咂嘴说，"你们恐怕没听说，有些小偷根本不偷钱，专门偷人家的小娃，拿到外方，手手脚脚心肝五脏分开来卖。赚天大的钱！"

穿水红衬衫的年轻姑娘听得毛骨悚然，近乎乞求地说："老彭姐，你别吓人！"

刘达英看了小雨一眼，瞪着老彭说："你就晓得说话吓人。"扭头望着那扇门。那扇门只刷了一道清光漆，明亮地透出木纹，左上方一个鬼眼睛一般的疙瘩清晰可见。围墙的影子投在门上，墙顶的草影微微摇晃，更增加了令人畏惧的静谧。此时阳光将树梢的影子稍稍移动了一点。树梢间滴溜溜的鸟啼宛如清泉从每个人的耳朵上滑过。然而天气依然闷热，院子北边的猪粪堆散发出滞重的臭味，盘桓在院子的每一个角落。

"我兄弟到什么地方去了？"刘达英问。

"还能去什么地方？打麻将啊。有人去找他了，这时候还不见回来，怕是舍不得走。我又丢不开手。"王仙枝说。她弯着腰，让另一个女人帮她将儿子背到背上。她在胸前熟练地打好结。

"这个死人！"刘达英骂了一句。

大家又一齐看着那扇门。一点办法没有。谁也不敢打开门进去看看，仿佛里面有无数柄寒光闪闪的刀子等待着。有人瞅了瞅刘达英手里的锅铲。暂时充作武器的滑稽可笑的锅铲，让刘达英陷入了一个尴尬的境地。她攥紧锅铲，挥舞了一下，闷热的空气被锋利的锅铲边缘切开，给人一种特别有力量的感觉。

"哪个跟我进去?"刘达英忽然说。大家瞅了她一眼，又把头扭开，定定地望着那扇门。没人回答她。她轻蔑地扫了所有人一眼，捋了捋袖子，又挥舞了一下锅铲。锅铲再次将空气切成两半。她朝那扇门走去。

女人们站在她后面，望着她一步一步挨近那扇门。她们同时憋住呼吸，头脑里想象着可能出现的可怕场面。小雨紧紧拽住母亲的裤子。远处传来拖拉机从村里唯一的大路上开过的砰咚砰咚声。

刘达英将后背贴在门左边的墙上，脸贴着墙，从门缝斜斜地望进去，黑咕隆咚的，只隐约看见一张写字台。屋里一点儿动静没有。她喘一口气，伸出锅铲，在门前比画比画，轻轻敲在门上，发出橐橐的声音。大家仿佛听见了自己的心跳。里面一点儿动静没有。刘达英胆子大了一些，身子靠过去一点，加大力量敲了敲。橐橐的声音干巴巴的。仍然没动静。她猛然敲了几下，门发出吓人的声音，似乎整扇门都要倒塌了。"哪个在里面？"她冲着屋里大声喊。没人答应她。她转过脸朝大家笑笑，"假的。什么也没有。"这时，树梢上的那只鸟呱的一声飞走了，刘达英手上的锅铲差点儿没掉地上。

女人们小声议论了一会儿。

"你真看见那人的脚了？"刘达英问小雨。

"看见了。"小雨坚持道。

女人们看她不像撒谎，顿时没了主张。虚惊一场之后，谁也不敢贸然打开门进去，好像里面有一只野兽，朝她们龇了一下白亮的牙齿。正当她们盯着那扇门委决不下，刘达材回来了。他身后还跟着一个男人。那男人四十来岁，穿一双尖头黑皮鞋，上面是一条笔挺的黑色西装裤子。略略隆起的肚子上扎着一根黑腰带，将咖啡色的衬衫紧紧收进去。腰带上挂着一个很显眼的黑盒子，手机银白色的天线从一端探出来。他看见院子里的女人们，立即露出和蔼可亲的微笑。

"老程一定要跟我来。"刘达材说。他和老程站在一起，形成了鲜明的对比。他比老程矮半个头，比老程瘦了半圈，瘦削的脸上落满砖厂的灰尘，不皱眉头的时候，额头上排开三四道白色的条纹。他在砖厂干活，不干活时，常跟来自外地的砖厂老板老程打麻将。

"路见不平嘛。"老程哈哈大笑，两排烟熏火燎的黑色牙齿中间，一颗金黄的假牙在阳光里一闪，"我给乡里派出所打过电话了，我们先来瞧瞧。"

"程老板，你来我们就不怕了。"刘达英笑着说，她的脸竟像小姑娘一样，染上了一层红晕。其他几个女人也笑起来。气氛顿时松弛下来了。

"好说好说。"老程又哈哈一笑，"人还在屋里?"

"在呢。"刘达英指了指那扇门。

"狗日的!"刘达材骂道。

他转身走到墙角，抓了一个石头在手里，掂量了一下，扔掉了，又抓了一把扫帚，掂量了一下，又扔掉了。终于，他从柴堆里扯出一根松树枝，紧紧攥住了。他挥了挥不怎么直的松枝，松枝发出呜呜呜的声音。他心满意足地走回来，发现妻子正直直盯着自己，脸刷地红了。老程没找任何东西。他两手提着裤子转了转，重新卷了袖子，大踏步朝小偷躲藏的房间走去。刘达材紧跟在他后面，两手举着松枝，挡住自己的脑袋。他们走到门前停住了。女人们目不转睛地盯着他们。他们投在门上的巨大影子淹没了小草的影子。刘达材费了好大力气拔掉了插住门扣的松枝。老程捏着门扣，刘达材站在一边，紧张地看着他。清脆的鸟叫一声声传来，拖拉机砰咚砰咚地从远处的大路上开过去。突然，老程身子往靠墙的地方挪了挪，使劲推开门。门撞到墙上，咣当一声巨响。

灰尘在从门框射进去的阳光里飞舞。

女人们靠近了，抻着脑袋，朝屋里张望。老程走进去，刘达材举着松枝跟着，他们站在大衣橱前，相互看了一眼。刘达材微微弯下身子，松枝捅进衣橱底下，塑料布哗啦哗啦响。更多的灰尘从衣橱底飞出，在阳光里搅成粗大的灰柱。老程咳了一声，捂紧鼻子嘴巴。刘达材不好意思地看看他，又在屋子里团团转转找了一遍，同样一无所获。老程看着他。他脸红了。"你妈的！"他扔掉松枝，走出屋子，恶狠狠地盯着小雨，"你敢耍你老子！连程老板也给耍了！你不想活了！"

小雨躲在母亲身后，紧紧拽住母亲的裤子，浑身瑟瑟颤抖。

"没找到？"王仙枝伸手挡住女儿。

"什么没找到？！根本就屁都没有！"

"我就说嘛。"刘达英说，"全是自己吓自己。哪有那么笨的小偷，能被一个小姑娘关在房子里。"

刘达材二话不说，捡起地上的松枝，朝小雨大步走去。

王仙枝慌忙转身将女儿搂在怀里，叫道："你要做什么？她是你女儿！"小雨吓得厉声哭泣。王仙枝背上的儿子也大哭起来。女人们瞧着，谁也没想起上前劝说。刘达材挥舞松枝，在王仙枝母女身边画出一条条的弧线。王仙枝背对着他，拼命挡住女儿。刘达材一次次撞在儿子身上。儿子、女儿的哭泣和妻子的尖叫夹杂在他的叫骂声里。女人们反应过来了，慌慌地过去劝。因为害怕给松枝打到，谁也不敢太靠近。这时，老程走出屋子，挡在门前，插着手说："达材，你不要闹。"

刘达材手上的松枝慢了半拍，但仍然朝着小雨挥舞。他望了老程一眼，说："程老板，我教训教训她！今天实在不好意思，在你面前出丑了。"

"我说你不要闹！"老程再次说。

刘达材停下来，纳闷地瞅着老程。

小雨哭得噎住了，蹲在地下，抱着两条腿。女人们涌上去，围住她，扒开她的手看，只见她小腿肚上鼓起两条红杠子，女人们吓得倒抽了一口气。"这个挨千刀的，下手这么重！"王仙枝瞧见小雨腿上的伤痕，慌忙解下儿子，翻开他的衣服查看。儿子大声哭着。所幸并无伤痕，她才松了一口气。

老程悄声对刘达材说了两句话。刘达材半信半疑地仰着脑袋望着他。

"真哩?"他有些紧张。

"不信你试试。"

刘达材换了一下手,捏紧了松枝,再次走进屋里。老程跟进去,刷地拉开窗帘。整间屋子暴露在阳光下。几个女人又围拢过来,好奇地往里张望。房间里的家具灰蒙蒙的。刘达材放下松枝,爬到床上。女人们看到他胸脯一起一伏,大大喘了几口气,猛然间凑到大衣橱顶,掀开上面的几只蛇皮口袋,伸手一抓,一堆东西从衣橱顶摔下。那东西痛苦地啊了一声,女人们也啊了一声。

刘达材踢了那堆东西一脚,双手将其拽起,怒气冲冲地拖出屋子,扔在院子里。老程跟出来,脸上露出满意的笑容。

"小偷给你们抓到了。"老程呵呵笑着,那个金色的假牙又在阳光里一闪。

"啊!"刘达英张着嘴巴,"真哩有小偷!"

"哎呀!"老彭往后跳了一步。

那堆东西立起来。他浑身脏兮兮的。一套皱皱巴巴的杏黄色运动服黑乎乎的,又刚刚抹了厚厚一层灰尘,几乎辨不出本色。运动裤缩在脚踝以上，没遮住黑黑一截积满污垢的小腿。他赤脚穿着一双破旧的黄胶鞋，黄胶鞋奇大无比，他只能将鞋带使劲儿扎紧，一个小脚趾头从鞋子中间的部位钻出来。衣服的袖口也不够长，露着一截干黑的小臂。一双灰黑色的手，连同十个指甲也是黑的，不晓得他怎么用这手吃东西的。此时，他拼命缩着脖子，似乎想遮住脖子上厚厚的污垢，但一点儿用也没有。他裹了满头的灰。头发那么脏，脸蛋那么黑，两只大得过分的耳朵尖尖地翘起，耳朵内沾满了似乎永远洗不掉的汗垢。只有一双眼睛亮亮的，没有一丝尘埃，不过对于他那张脸来说，这样一双眼睛也太大，太不对称了。

"何小峰!"小雨抬起头盯着他，心跳仿佛踩空了一脚。

小雨似乎只跟他说过一句话。那天中午下课后，她站起来，正要到教室外面，何小峰挡住她。他低着头，瞅着他自己赤裸的脚。阳光透过明净的窗玻璃，直直射在他乱蓬蓬的头发上，她看到里面好像有东西爬动。一股强烈的臭味钻进她的鼻孔。他们对立了约莫三秒钟，小雨打算转身走开，何小峰忽然抬起头，凝望着她，说了一句话。她没听清楚。何小峰低下头，抽了一下鼻涕，又抬起头，老头子一样皱着眉，瞅着她说："把擦胶借我一下。"她感到班里的很多男生聚在教室的另一边，乐呵呵地望着他们。她忽然感觉受到了侮辱，脸一下子红到耳朵根，冲着何小峰说："不借！"匆忙转身跑出教室。身后传来一群男生爆炸般的哄笑声，有人喊着何小峰和她的名字。她忍住了没哭出来。

小雨知道他经常旷课，有人说他不到学校的时候都在偷东西，没想到他会偷到自己家里。可不知道为什么，小雨此时有些胆怯，不敢看他。怕父母看到自己看他，仿佛她有什么秘密不能让他们知道。更怕他看到自己。她又忍不住不看。何小峰站在人群当中，垂着头，紧紧抿着嘴唇，不时抽一下鼻子，抬起手擦一下鼻涕。黑黑的手背上留下了一条条如同蜗牛爬过的银白色痕迹。他小心翼翼地用余光扫视了一下周围，看到小雨正盯着他，赶紧移开目光，身上像给千万只蚂蚁同时咬了。突然，感到什么东西在腿上重重砍了一下，他不由地蹦起。

刘达材眼里充满毒素，咧着嘴唇，黄色的牙齿紧咬着，一手扯住何小峰，一手高高举着松枝。松枝在阳光里微微颤动。"狗日的！"他骂道，松枝再一次呼啸着，划破金色的阳光，砍向何小峰的小腿。何小峰闭着嘴，沉闷地号了一声，一只脚蹦起，另外一只脚也跟着蹦起，像鸟一样飞到半空中。这时，松枝又一次砍向他。他又号了一声，猛然坠落，像鸟忽然被一颗结结实实的子弹打中了。太阳落到高大的桉树的半中央了。刘达材手中的松枝不断朝他砍过去，他投在东边墙壁上的影子不断重复着飞翔与坠落。他永远飞不出那一面墙壁。过了好一会儿，墙上的鸟儿渐渐停止了飞翔，似乎累了，瘫在地上，偶尔懒懒地动一动。

女人们侧着身子，远远地围着看。松枝呜咽一声，她们脸一抽，嘴巴一咧，痛苦地嘶嘶着，整个身子往外一倾，一阵颤抖传遍全身。王仙枝的儿子还在哭泣。王仙枝把他紧紧抱在怀里，背对着男人，撩起衣服将乳头喂到他嘴里。他并不含住，扭过头哭泣，嘴里拉出亮晶晶的一线口水。两只小手试图抓住什么。王仙枝颠着他，独自走到一边。小雨望着母亲抱着弟弟离开，突然感到一阵孤独。可她没有跟出去。她腿上的伤痕不怎么疼了，疼痛变成一种火辣辣的感觉。让她难受的是，裙子下摆裂了一道口子。一定是刚才被松枝刮到了。她徒劳地将裂口的两边粘在一起，手一松开，裙子又裂开了。

老程搬了一把椅子在台阶上坐下，咬着一根过滤嘴香烟，烟雾遮住了他的脸。女人们围成的圈在他面前让出一块，好让他看得到里面的情形。

"达材，教育为主嘛。"老程看到何小峰瘫在地上不怎么动了，慢悠悠地说。

"先教训，再教育。"刘达材喘着大气，呵呵笑着。他用松枝指着瘫在地上、双腿不断抽动的何小峰说，"这种人，道理说不通哩。程老板，你怕是不认得他爹何三，何三就是我们村子里的贼。前两年给抓进去，判了三年，明年出来，这村子不晓得又要给他闹成什么样了。"

"我认得，"老程说，"他爹跟我借过钱。我缠不过，借了他五十。"

"哎呀！"刘达材大声叹息，"那种人！程老板你怎么能借他钱！那是砸到水里也不响了。你借给他，一两天就不晓得给他用到什么地方了。你要不借给他，他还会找点儿事情做做。不过没准他也就找一家人偷偷。"刘达材说着大笑起来，"说到底，这种人就该给他点儿颜色看看，叫他一辈子记住。"

老程微笑着表示赞同。

"你要让他记住，也不用打他的脚嘛。"

刘达材思索片刻，不好意思地笑笑，"我糊涂了。"他看看老程，又看了周围的女人们一眼，女人们回望了他一眼。他脸上透出一点儿得意的神色，横着松枝朝何小峰走过去。

何小峰趴在地下，肩膀一耸一耸的，望见刘达材走过来，眼睛像两只颤抖的小动物。小雨静静地凝视着他。

"爪子伸出来！"刘达材吼道，"你用哪只爪子偷东西，伸出来！"

何小峰身子一抖，手往后藏。

"伸出来！"刘达材又吼道。他听见自己的声音在夕光里回响。

他俯下身子，拽住何小峰的手臂，何小峰的手一下子暴露在他面前。何小峰攥紧拳头。他捏住他的小臂，松枝砍下去。何小峰抿紧嘴唇，胸腔里发出杀猪一般的吼声。又换了一只手，何小峰的胸腔仿佛破裂了，发不出声音了。

小雨一直定定地凝视着何小峰。何小峰偶尔瞥见小雨的目光，为自己不由自主发出的声音和做出的动作感到无比羞赧。他掉过头去。女人们捏着拳头，看得呆住了。刘达英手里的锅铲忘记了挥动。王仙枝抱着儿子到大门外面去了，院子里的人偶尔听见一两声孩子的啼哭。

"算了算了，"老程不耐烦地说，"你问问他偷了什么东西。"

刘达材把他打肿的手一甩，看了老程一眼，笑呵呵地说："闹了半天，我倒把正经事忘了。"又盯着何小峰说："问你呢！你偷了什么？"

何小峰闭着嘴巴，眼泪鼻涕将他脸上的灰尘糅在一起，一张脸就如一副呆笨厚重的面具。他的目光从面具仅有的罅隙里透出，茫然地投向刘达材的脸。他感到那张古怪的脸如此陌生而又如此熟悉。

"你偷了什么！"刘达材吼道。他在他身上也没搜到任何东西。

何小峰仍然闭着嘴巴，茫然地望着他。夕光在他的眼睛里闪动。

刘达材狠狠瞪了他一眼，转身敏捷地跳上台阶，冲进屋子，快速找了一遍，屋子里似乎什么也没少。他犹豫了一下，拉上窗帘，打开大衣橱仔细检查了好半天，钱也似乎没少。他咒骂着，摸摸脑袋，又冲出来。

"你偷了什么！"他气急败坏地喊。

何小峰望着他。

"好好说，我不打你。"他忽然显得心平气和。

院子里的桉树影子沙沙地向东移动。夕阳之下，那堆猪粪一片辉煌。夕阳同样照在何小峰肮脏不堪的脸上。突然静下来后，只听见何小峰断断续续地啜泣。声音一截一截掉在慢慢变冷的地上，如一条条扭曲着死去的鲜红蚯蚓。隐隐听见远方传来女人呼唤孩子回家吃饭的声音。"亮子……亮……

子……亮……"声音越飘越远，一点一点消逝在淡蓝色的空气里。何小峰的思绪下意识地追随着那声音，但声音消逝得太快了，他赶不上。刘达材瞪着他，他也瞪着刘达材。刘达材心里给一种突如其来的恐惧吓了一跳。他暴怒异常，扑上去，捏住何小峰的嘴巴。

"我瞧你是不是哑巴！"他咬牙切齿地说。

何小峰拼死挣扎，使劲儿扭着头，脸颊在刘达材有力的手掌下扭曲变形，吓得旁边的女人脸如土色。尽管如此，他的嘴巴大大地豁开了。刘达材眼睛一亮，仿佛找到了宝贝。两个铁钩子似的指头抠进何小峰嘴里，夹出一件红艳艳的东西。小雨一眼就认出来了，那是自己扎头发的红带子。刘达材捏着红带子，上面沾满何小峰的口水。他撇着嘴，看了一会儿，不明白这个是什么，骂了一声，厌恶地往墙角一甩手，红艳艳的带子划破黄昏的空气，安静地落在那堆热腾腾冒着臭气的猪粪上。何小峰扭过脸看。小雨也扭过脸看，她听到何小峰低低地叹了一口气。

"恐怕他还没来得及偷。"刘达材失望地说。

女人们也失望地看看彼此。那个穿水红衬衫的年轻姑娘一双眼睛红通通的，背过身子，偷偷在脸上擦了擦，转过脸痛苦地瞅着坐在地上一动不动的何小峰。何小峰并没注意到她。他只看到许多人的腿像栏杆一样把他围在中间。时间时而停止了，时而又无限期地延伸下去。他全神贯注地盯着猪粪堆上的红带子，听不见别人问他什么，浑身的疼痛变成一种类似火光的热辣辣的感觉。

"你问问他，以前有没有来偷过什么。这次没偷到不见得以前没偷到。"老程坐在椅子上，俯视着每一个人。他的身影那么巨大。他的声音那么坚定。一瞬间，所有人都体味到闷热的天气里一种冰冷的感觉在啃啮着肌肤。

刘达材望望老程，又瞅瞅何小峰，似乎忽然不知道接下去该做什么了。

尴尬的静谧笼罩着黄昏里的院子。

"车子！"刘达英挥了一下手中的锅铲，就像挥舞一面胜利的旗帜，"派出所的车子来了！"人们确实听到一辆小汽车不断按响喇叭，轰隆隆隆穿过村里那条尘灰遮蔽的大路。紧紧绷在女人们之间的那根看不见的绳子松弛了，她们窃窃私语，好似摆脱了一件沉重的负担。不久，两个穿制服的人走了进来。

女人们慌忙闪到一边。刘达材也往后退了两步。老程跳下台阶，老远就伸出手，笑呵呵地走过去。"老杨小李，又是你俩！"

"老程！"老杨和小李也笑呵呵的，朝他伸出手。

他们像领导见面一样，热烈而持久地握手。老杨拍了拍老程的肩膀。

"瞧这样子，你这次又路见不平了？"

"哪里哪里！"老程谦逊道，"刚好碰上，不帮一把说不过去。"

"老程，你可是在抢我们的饭碗哪！"

"我哪敢抢你们！"老程两手一摊，很委屈地说。

三个人一齐哈哈大笑。院子里充满欢快的空气。

"还没审出个所以然。"老程向两人说了事情经过，补充道。

"先铐上，带回去再说。"老杨瞅了呆呆坐在地上，抽抽噎噎的何小峰一眼，又盯着刘达材，"你也跟我们走一趟。"

"我……不用吧……"刘达材嗫嚅道。

"没事，我和你一起去。"老程说。

"这样最好！麻烦你了老程。"老杨说。

他们拉何小峰站起。何小峰站起又软下去，反复几次。小李俯下身子，拉起他的裤腿一看，吸了一口冷气。何小峰终于站起，他们给他戴上手铐。似乎手铐特别冰凉，何小峰很难受地咧着嘴。雪亮的手铐在盛夏黄昏的余晖中闪烁着寒冷的光芒。王仙枝回来了，儿子哭累了，在她背上歪着头睡着了。她伸手朝背后轻轻拍着他。她看到手铐，感觉目光给烫了一下。其他女人也噤若寒蝉。

"外面好多小孩子。"小李跑回来，瞅了瞅何小峰的手铐，皱着眉对老杨说。

"没事。"老杨说，昂着头朝大门口走去。

小李犹豫了一下，拉着何小峰跟上。

何小峰转回头看什么，老杨拍了他的脑袋一巴掌。他什么也没看到。

刘达材小跑着跟在后面。女人们围住他们。老彭对刘达英说："今天算长见识了。"刘达英不理她，攥着锅铲，像攥着一面胜利的旗帜。她盯着老程高大无比的背影，脸红扑扑的像小姑娘一样。那个穿水红衬衫的年轻姑娘偷偷掏出手绢擦了擦眼睛，又擤了一把鼻涕。她心疼地望着一瘸一拐的何小峰，自己也走得跌跌撞撞的。何小峰谁也不看。他盯着手上的手铐。手铐似乎太冷了。

小雨独自蹲在冷下来的地上，望着人们鱼贯而出，院子里转眼间回复了寂静。桉树的影子铺满了院子。在院子的最东边，树影忽然被墙角齐齐砍断了，又贴着墙壁斜斜地向上生长。粪堆上，那条红艳艳的带子，像一朵小小的火焰。

过了一会儿，一个人忽然跑回来。

“小雨，”刘达材在她面前蹲下，看着她，“阿爸出手太重了，没伤着你吧？让阿爸瞧瞧。”他要看她腿上的伤痕。她不肯。

“不要哭了。”刘达材有点儿不耐烦。小雨并没有哭。“大人也是为你好。等你大了，你就晓得了。”他硬往她手里塞了一点儿东西。

小雨不看也知道那是什么。她捏着一块钱，听到大门外响起汽车启动的声音。喇叭厉声响了几次，伴随着嘈杂的人声，汽车开出去。汽车迅速开上村里那条尘灰遮蔽的道路，迅速消逝。大门外的喧哗又持续了一会儿，也消逝了。王仙枝走进来，看到女儿蹲在地上。“还疼吗？”她温柔地问。“不疼了。”小雨眼里含着泪花。她没告诉母亲她的裙子裂了一道口子。王仙枝说：“你自己玩一会儿吧。”她没吱声。母亲走进厨房。她盯着粪堆上的红带子。太阳完全落下后，黑暗笼罩了院子。她仍然知道红带子在什么地方。红带子在她眼里印下一片红色。她想把它捡回来。她站起，攥着皱巴巴的一块钱，朝粪堆走去。浓烈的臭味钻进她的鼻孔。她跨出几步后，停住了。她的眼睛里燃烧着恐惧和愤怒。

2007年11月19日

回家

女人和女孩儿沿着河岸往南走，慢慢出了小石场街。她们紧挨着，细瘦的影子清泠地映在河面。

一辆破旧的红色客车咣当一声，停在公路边。车门缓缓拉开，跳下一个穿浅蓝棉布短袖衬衫的女孩儿。风从河面吹来，拂落一片带着腥臊的凄寒。女孩儿的衣衫明显单薄了，不由得咬一咬牙，眉尖斜上去，额头刻下深深一痕。女孩儿十一岁，因身子瘦弱，看上去只有八九岁，可眉头一皱，反倒显老了，像个愁苦的小老太太。她一只手拎一个红色塑料袋，装了七八根香蕉、四五个橘子，还有一个啃了大半的苹果，啃过的地方已转成浅褐色；另一只手拎一只红色网兜，鼓鼓囊囊塞了绿色塑料脸盆和毛巾、牙刷、牙膏。她就那么坠着两只手，面无表情地站在车门口，扭头望着车里的女人。

女人三十出头，一身黑衣裤，背着撑得几乎开裂的黑色劣质旅行包，脖子往前梗着，头发挽上去，露出一截脖子，黑黑的似水牛皮，两只手还拽着一个硕大无朋的红白条纹编织袋。司机在一沓钱中翻出一张皱巴巴的一块钱纸币，远远递过来。她腾出一只手接了，磕磕碰碰下了车。脚刚落地，门在背后咔啦啦关上，车咣当咣当开出去，喷出一团黑烟，笼罩了她们。

她们脸上相同的淡漠的表情，将彼此紧紧关联，几乎使人一眼就看出她们是母女。母女俩紧挨着，目送汽车摇摇晃晃远去。汽车尾气渐渐散尽，眼前的景象清晰起来。太阳还煌煌地照着，西边天上却已印着一枚淡淡的月牙儿。时令已是初秋，风从鳞次栉比的屋顶吹过，屋顶枯黄的草纷纷倒伏，发出一片轻微的萧瑟的声响。有好一阵子，她们就那么站着，一动不动，任凭阳光将她们的身影拉得很长，影子的脑袋落在路边一汪亮黄的泥水里。在女人看来，眼前的街道和记忆中的并无两样，仍旧是大个青石铺成的路面上拖拉机压出来的凹槽，仍旧是飘起又落下的废弃塑料袋，仍旧是路西河里浑浊的流水。不同的是，以前她要离开，这时候，她要回来了。她使劲跺了跺脚，像是要赶走乱糟糟的思绪，又像是，要确认实实在在已经回来了。她两手朝后，环住了黑色旅行包，拍了拍，说："到家了，安心吧。"女儿望望她，也伸手在包上拍了拍，嘴张了张，却没说出话来。

她知道，包里，有阿爸的骨灰盒。

她们悄无声息地走在黄昏的街头。街上稀稀拉拉几个人，正是白天人最少的时候。没人跟她们打招呼。只有河对面一个遛狗的老头站住了，远远地瞅了她们一会儿，又牵着黄狗走了。"那是供销社的石老头，小时候给过我一颗水果糖吃。"女人停下来，轻声对女儿说，嘴角浮上一个笑。女儿回头去望老头，老头却不见了，满眼只是河面闪烁的细碎光亮。母亲的童年往事，在她脑中刹那间闪现，又消失在迷乱的光晕里。

走进长长的曲折的小巷，她们不禁松了一口气。一直暗暗担忧怎么跟熟人说回家的事，不想一路上竟没一个人注意到她们，心里不免又有些失落。小巷的石板地面滑腻腻的，路边的阴沟散发出一阵阵臭味。这一切是如此稔熟，过去日子的许多画面出现在她眼前，又转瞬即逝。母亲过世后，她已经五年没回家了，有点儿怕。不知道怕什么，反正心里惴惴的。她停下脚步，接过女儿手中的网兜，空着的一只手拉了女儿。女儿的手那么小，那么凉，似一块正在融化的冰。她紧了紧手，女儿脆弱的骨头发出轻微的声响，似从遥远的地方传来的冰湖坼裂声。她慌忙松手，疼惜地，低下头看女儿，女儿咬着嘴唇，皱着眉头，忍着痛，仰脸望着她，漆黑的眼睛里有一点儿光亮。

院子全没想象中的荒芜，实在大大超出女人的料想。她拉着女儿的手，站在院门口，看到满院烂漫的阳光，心里被暖了一下，眼睛有些痛。搁了编织袋，在院边静静坐了一会儿，也不放下背上的黑色旅行包，就拉了女儿，房前屋后看。黄昏的阳光给一切涂上了暖色。矮墙、院落、枇杷树、耳房，都在流动的温暖底下静静地呼吸着，等待她回来。她有些纳闷，这个家，一点儿没有荒置了五年的样子，就像是，她刚刚到街上买了点儿东西。五年的时光，轻易地被这个家忽略了。要是这五年真的没来过，那多好，那样就不会……她不能想下去了，鼻子酸溜溜的，一只手绕到背后，拍了拍旅行包，另一只手下意识地捏紧了女儿的手。女孩儿皱着眉头，一声不吭，不时抬头看看女人的脸。

在后院，女人走到鸡圈边，停住了。圈门口堆了高高一堆糠和碎米，圈里有鸡。数一数，拢共五只，两只公鸡关在一起，紧邻着关了三只母鸡，都是草鸡，被栏杆间射进的一道道夕光照耀着，毛色鲜亮，腿脚肥壮，见人咯咯叫。女人看看女儿，女儿也看看她。谁家把鸡关在这儿？女人像是跟女儿说，又像是自言自语。她把四邻的人家想了一圈，养鸡的人家并不多，再说，谁家养鸡都有自家的鸡圈，不会大老远跑到别家。她想不出个所以然来。鸡踱着步子，肥厚的爪子落在栏杆上，笃笃的，让人心里踏实。她由衷喜欢上了这几只鸡，再一瞧，母鸡圈里面，栏杆缝隙间，搁着两个鸡蛋。"有鸡蛋！"她心里一喜，低头对女儿说。女孩微微笑了。这还是回到家后，女孩第一次笑。但很快，她脸上又恢复了那种漠然的表情。女人小心翼翼地打开圈门，趁着手，去摸那两个鸡蛋。母鸡并未啄她，只有最小的那只芦花母鸡，用嫩黄的喙，蹭了她的手背一下。她摸到第一个鸡蛋，一捏，是个蛋壳，指尖滑滑的，知道是被嘴淡的母鸡啄食了。又伸手去摸另一个，生怕又是蛋壳，心里悬着，用了很轻的力，将整个鸡蛋握在手心，暖暖的，带着热气呢，还有些坠手，一股踏实的感觉从手心递过来，一直传到心里。

女人握着鸡蛋回到前院。管它是谁的鸡，她想，这是自己家，养这儿了，就是自己的。她心里升起一股笃定的感觉，又有些得意，像是报复了谁。她把鸡蛋交给女儿，方才轻轻地放下旅行包，费力地拉开拉链，拿掉几件衣衫后，小心翼翼地端出一个黑绸布包裹的长方形盒子，环抱在胸口。又拿了钥匙，要打开房门，那锁竟一点儿没有涩住，轻轻地咔嗒一声，松了。推开门，门里的景象是她万没想到的。

还记得料理完母亲的后事，她和丈夫花了几天时间，处理掉家里的绝大部分家当，包括见证了她和丈夫最初岁月的这间房里的东西，能卖的卖，不能卖的就送。不多久，屋子就只剩下四壁微微发黄的石灰墙和一张只剩下床板的床。往日拥堵窄小的房间，一下子空阔了。她站在屋子当中，心里虚落落的。丈夫却满怀信心，说今后要留在城里的，不回来了，还要那些东西做什么？按照丈夫的意思，房子也该卖掉，买主都找好了，就差签字画押了，她却突然变卦。仿佛一道闪电劈过脑海，一下子失去了凭依，飘飘荡荡的。她死死抓住合同，脸色难看得要死。"不卖了，"她说，"我要回来住的。"来人数落了他们一顿，拂袖而去。整个晚上，她置身于丈夫的责骂当中，可是，她越发铁了心，房子是不能卖的。她不像丈夫，丈夫是外地来的上门女婿，这儿不是生养他的地方。

如今，她意识到当初自己的决断是多么正确了。莫非那时候已经预感到什么？她把盒子抱紧一些，盒子竟然那么轻。屋里闻不到一点儿丈夫的气息。一切都变得不真实起来。可是，一股现实的气息冲淡了这种不真实感。那是一阵令人窒息的脚臭。她心里泛起一阵恶心，一手扶了墙，喉咙咳咳两声，什么也没吐出来。盯着床上的被褥和几件男人的衣衫，骂出了声。骂声尖厉、绝望。女孩儿攥着鸡蛋，站在一边，眼中闪过一道惊恐的光，嘴角哆嗦着，不安地望着盛怒的母亲。最近两个多月来，她目睹了母亲无数次皱紧眉头，但从没目睹过母亲如此发怒。而且，这怒气来得如此莫名其妙。忽然，女人劈手过来，夺了手中的鸡蛋。啪！鸡蛋摔在床上。床上虽垫了褥子，鸡蛋还是破了，蛋白蛋黄慢慢流出来，浸了蓝白相间的床单。"还不把这些东西扔掉！"女人狠狠瞪了女孩一眼。

连同破碎的鸡蛋，女孩儿将被褥卷成一筒，竖起来，差不多有她自个儿高，抱着个人似的，拥在怀里走出去，被褥边儿暖暖地托着她的下巴。落日收尽了辉光，屋顶黯淡下来，屋顶上是高广的天，有着薄薄的半透明的光亮。女孩儿贴着墙根，走到后院，东张西望，最后把被褥堆在屋檐下。她想，这地方好歹淋不到雨。这时，她听到母亲在前屋唤她了，怔怔地打量了一下被褥，跑回去，只见刚刚紧闭的堂屋门大开着，母亲站在陈旧颓唐的供桌边，桌上放了漆黑的骨灰盒。

"给你爸磕个头吧。"女人轻声说。

后院的鸡叫了好几声，女人还没睡着。

母女俩一个被窝，手手脚脚挤挨着。女人闻到女儿身上热烘烘的气息。这气息里，似可辨出那个遥远的南方高原边城。女儿动了动身子，把一只手搭上肩头，那个城市倏忽之间扑面而来，又遽然远去。她犹豫了一下，伸出手，把女儿往身边搂了搂。女儿的呼吸一下一下吹向脖子，湿漉漉的，加上一阵阵麻升上手臂，有点儿难受，可她还是那么抱着，僵硬地，笨拙地。她很久没抱过女儿了。

整整一夜，她心里纷乱如麻。过去两个月所受的种种疼痛、伤悲、屈抑，在几昼夜的行程里，沉积下来，变成身体难以承担的倦怠，总算回到家，这倦怠愈加沉重起来，压着她的眼皮。可她不愿睡。她心里有一股恨，平地冒出来，尖利地抵在胸口，想要刺向谁。可是，她能刺向谁呢？就像提着个篮子，在水里捞了一圈，什么也捞不到。她谁都没法报复。胸口那股恨愈加强烈地刺出来，这时灵光一闪，那个出现在这间屋子的男人浮现出来。她总算是抓到一点儿什么了。满腔的仇恨澎湃起来，一齐涌向这个人。她明白，她到外地前，托付天和镇的表姐帮忙照看房子，一定是她把房子租给什么人了。可她从没跟自己说过。表姐也以为自己再也不会回来了。她呆了一时，想那是个什么人？想不出来。去问邻居？这个念头刚一冒出来，就被她掐断了。她不愿见他们，至少现在还没做好准备。——管他什么人，总之，她恨不得立马把唾沫吐到他脸上。她和女儿把这人的东西全部扔到后院，就坐在房门口，等着。

月光照得院子通亮，蟋蟀声不绝于耳。女儿熬不住，先睡了，留下她一个人怀着满腔愤恨枯坐着。风吹过黢黑的小石场街，吹来运石头的拖拉机隆隆的车轮声。小石场街的人在拖拉机的颠簸中做着各自的梦。只有她醒着，任拖拉机一遍一遍从耳朵根压过去。月光一层一层冷下来，心里的愤恨也冷了，陡然升起一片悲凉。那人终究没出现。

女人猛然睁开眼，玻璃窗明晃晃的，灰蒙蒙的阳光射进屋，勾勒出屋里器具的轮廓。她心里一惊，怎么睡过去了。那人不会回来过了吧？没听到一点儿声响，门闩还好好插着，门后的桌子也没挪动。松了口气，心还激烈地跳着。转身看女儿，还睡着，两手抱在胸前，身子蜷成一团，脸侧向自己，阳光打在上面，照出细细的绒毛，嘴唇微微张开，发出嘶嘶的喘息声，睫毛的影子在脸颊上晃动着。女人观察着女儿，不愿错过任何一个细节。许久，轻手轻脚起来，替女儿掖好被子，出了门。

院子也还是昨天那个样，没人回来。打开堂屋门，丈夫的骨灰盒仍安稳地放在供桌上。一缕阳光打在漆黑的盒盖上，似浮动着暗弱的火。扶着门，往里一推，阳光一晃，一眨眼的瞬间，她感觉，丈夫对她笑呢。她愣怔了一下，嘴角浮起一个苦笑，走到院子里，却不知道该去哪儿了。是个好天气，太阳暖暖地照着，天很高，很蓝，羽毛状的几片云彩快速地飘过去。太阳照耀下的小石场街，正是赶早市的时候，她想去买些菜吧，刚走了没几步，就停下来了。她不想出去。她怎么跟别人说丈夫的事呢？她无数次想过这情景。她既害怕别人的无动于衷，又害怕别人的怜悯同情。无论如何，她受不了这个。两个月来，她什么都忍受了，还有什么理由要忍受这个？她站在院子中间，举步维艰了。不时有人从院子外的小巷走过，看不见人，但一句句话清清楚楚地钻进耳朵里。会不会有人进来？他们看到自己，一定会很惊讶吧，那时又该怎么跟他们说？不由得轻了手脚。

一只公鸡在后院叫了一声。女人吓了一跳，立住，手摸着额头。心里忽就有了主意。她找出灶房钥匙，虽说心里有所准备，打开门，还是有些出乎意料，靠墙立了个新的碗橱，碗橱里有几副碗筷，全是新置办的——早先的碗筷她早送人了。石水缸里有半缸水，水缸脚竖着几根粗大的莴笋和提前上市的萝卜。她瞅着水缸里的半缸水，看到自己映在里面的影子，心想，这是个什么人呢？——管他什么人！她回过神来，急急走回房里，看到女儿还睡着，刚刚那种温软的情感一扫而光，取而代之的是一腔怒气。她刷地抽掉女儿的被子，女儿一激灵，她怒斥道："睡死了！起来烧火去。"

她催促着女儿穿衣起床，叠好被子，刷牙洗脸，然后把她拉到灶前坐下，说烧火吧，热一锅水。女孩儿揉揉眼睛，从身后抽了一束油菜秆，塞进黑乎乎的灶洞，又找出火机，黄黄的火苗从指尖跳出来，引燃了油菜秆，灶洞半明半暗，用铁板将灶门挡上，只留一条小缝，火光暗下去，烟在稠密的细枝下囷积着，猛地，"轰"一声响，一蓬火苗从缝隙冲出，铁板差点儿被掀翻。火热烘烘地燃着了。女孩儿抬起头对女人笑笑。火光在女孩儿脸上抹了一层曙红。女人默然，拿了刀和碗，转身出去了。

女人从圈里抓了一只公鸡，揪掉脖子上几根毛，一刀横过去，顿了一顿，暗红的血就汩汩冒出来，溅在白瓷碗里。公鸡挣扎着，愤怒而惊恐地啼叫，女人被它的举动激起一股仇恨，两条腿紧紧夹了鸡脚，身子和膝盖将公鸡抵在中间，左手按住公鸡的胸脯，右手捏了鸡头，公鸡丝毫不能动弹了。她的胸口紧挨着公鸡烫人的身子，右手触摸着公鸡强有力的心跳，血越流越快，越流越少，她屏住呼吸，盯着那一摊血，感觉到，公鸡的心跳弱下去，身子却仍旧灼热。终于，公鸡挣了挣，伸直了腿。她心里一阵轻松，又一阵失落。她将公鸡提在手中，起身时，阳光剧烈一晃，几乎软瘫下去，扶着膝盖站住了，抬起头，看到女儿正盯着自己。

"不是我们家的鸡。"女儿怯怯地说。

"是哪家的鸡？"女人莫名地心虚，故意大了声气，说，"养在我们家里，不是我们家的鸡，是哪家的鸡？烧火去！"

女儿看了她一眼，顺从地进灶房去了。女人很奇怪，一只鸡竟然有这么沉。水已经沸了，将公鸡塞进一只小桶，倾一瓢沸水进去，一团白雾腾起，伴随着浓烈的腥臭，笼罩了女人。隔着雾气，女人看到女儿还那么怯怯地望着她。心里憋着一口气，既不看女儿，也不跟女儿说一句话，唰唰唰拔干净鸡毛，剖开，剁了，擢进锅里，找来佐料加进去。"站一边去！"她冷冷地对女儿说。自己坐在灶门前加大了火。很快，香气袅袅。找来一只饭盆，盛了全部汤肉，热气腾腾端到桌上。拿出一只碗，洗了，满满舀了一碗汤肉。女孩还那么站着。她坐下来，看看碗里的鸡肉，又看看女儿，抹一把脸，又从碗橱里拿了一只碗，洗了，盛满鸡肉，放在对面。

"过来吃吧，别傻站着了。"女人也不看女儿，盯着对面那只碗说。

女孩儿没动，肩膀抽动着，开始嘤嘤啜泣。

"趁热吃吧。"女人仍旧不看女儿，口气却软了。

女孩儿磨蹭着，终究坐到了女人对面。隔着一大盆鸡汤蓬勃的白气，她们沉默地吃着，筷子敲到碗边，发出小而轻的叮叮声，再加上嚯嚯的喝汤声，使得小小的灶房喧腾起来。她们吃得很快，风卷残云一般，女人呛了一下，背过桌子，俯下身，大声咳了几声，眼里有了泪花。

　　"那些畜生！"她直起身骂道，胸口剧烈起伏着，"他们不那么霸道，你爸怎么会杀人！"

　　女孩儿停了筷子，望着母亲。

　　"枪毙！"女人咬了咬牙说，"那些人才应该枪毙！……别人这么对我们，还说什么是不是我们家的？养到我们家，是哪家的？"

　　泪水顺着女人的脸颊滑落，女人一把抹了。女孩垂下头，盯着碗里的鸡汤。

　　只一顿，母女俩吃掉了大半盆鸡肉，晚上将剩下的热了热，一鼓作气，全扫光了。温热的食物给她们带来了很好的心绪。整个漫长而寂静的白天，她们上楼下楼，打开一个个房间察看，其他房间全弥漫着一大股子长久无人居住造成的霉味，房梁挂下蜘蛛网，地板积了厚厚一层灰土。她们拎了笤帚、水桶、抹布、小凳子，一间一间清理过去。抹布擦黑了，水里一绞，水也黑了，再换一桶干净的。打扫完楼上第一间房后，落日的余晖从明净的玻璃窗射进来，打在她们脸上，还带着清新的水汽。推开窗，望出去，小石场街的半数屋顶收在眼底，瓦沟里生长着一种灰暗的针叶植物，开了花，红色的，小喇叭似的举着。远远望去，红红的连成了一大片，夕阳下看，很有几分壮烈。黑瓦屋顶之外，是一溜低矮的平顶房，屋顶堆着鲜丽的红砖头和隔热的水泥板，破败而且肮脏。那儿就是小石场街的主街。此时，街市该散了吧。

晚上她们躺在床上，已没了昨夜那般疲倦。相反，因为喝饱了鸡汤，身体里涌动着一股热力，怎么也睡不着。她们说着话，可是，又都小心地避讳着一些东西，对话就时常停下来，再要接续，又不知从何接起。因此，说话对她们来说，也很痛苦。一阵沉默后，女孩儿怯生生地喊了一声妈，她说，那个人是做什么的？

就这样，她们有了一个安全的话题。关于那个在这屋里留下被褥、衣服、用具、菜蔬的男人。那肯定是一个男人。先是，房里那堆衣服只有男式的，没有女式的；那股浓烈的脚汗味，说明他是个走远路的人；床头有一大股烟味，可见他是抽烟的，而且，烟瘾不小；从干净的碗筷和还算整洁的床铺，可看出他虽然脚臭，但还算不上邋遢；从堆在鸡圈门口的粮食和水缸旁竖着的莴笋、萝卜，可知他会离开一段时间……起先，女人对这个男人简直恨得咬牙切齿，可渐渐地，她和女儿都迷恋上了这个游戏：根据男人留下的种种痕迹，猜测这是一个什么样的人。她对男人的恨，沉到心底去了。毕竟，这种恨具有很大的冲动性，说到底，他并没做过多少对不起她的事，他们连面都没碰过呢。这个男人也不再是那个实实在在的人，虚飘起来，成为她们的消遣。但第二天一早，女人仍杀了另一只公鸡，唯一不同的是，还做了饭。一天下来，所有房子打扫干净了，鸡却只吃了一半。晚上躺下后，又根据白天的发现，继续猜测那个人。女人从院子里发现的草烟蒂，得出结论：男人并不富裕，甚至可以说很穷。同时，男人至少四五十岁了——只有这个年龄段的人，如今还抽这样自制的烟。可男人是做什么的？一直到第三天才有了眉目。女孩儿在墙头发现了好几个空墨汁瓶。

"说不定是个画家！"女孩儿带着几分欣喜，犹疑着宣布。

"画家怎么会住到我们家来？"女人说。

黑暗中，母女俩看不见彼此，但感觉得到彼此的注视。

"画家才会走那么远路啊，"女儿说，"他出门一定是去给人家画画的。"

女人默然。很显然，在她看来，不可能是个画家。可她并没有反驳女儿。她想起刚和丈夫到小城那年，在街上见到一个画画的，坐个小马扎，眼前竖一块白纸板，眼睛不时瞄一下对面坐着的人。是个男孩，正吃一串冰糖葫芦，身子扭来扭去。画画的并不喝止他，只是，看一眼，笔动一动。旁边早围了好几个人，她拉了丈夫过去，伸长脖子一看，真不得了！画得太像了，男孩握着一串红艳艳的冰糖葫芦，正对着自己笑呢。比照相照的还像！她不禁对丈夫说。丈夫嗯了一声，说，骗人的吧？女人不同意，怎么骗呢？这不明摆着画给你看的？丈夫不说话，转身要走。她不让，还站着，也像那画画的，看看孩子，又看看纸板。她很希望丈夫会说，那我们也让他画一张，又分明知道丈夫不会那么说。男孩画好后，家长给了钱，取走了画，人渐渐散了。她也只好随着丈夫离开。走了好远，回头看那画画的，见他将头从白板后探出来，朝她这边瞄了一眼，又缩回去，快速运动画笔。她脸上莫名地一热。她想，那画画的，不会在画她吧？很想回去看看，终究没说出口。

"那他画什么呢？"女人用鼓动的口吻问女儿，心里想的却是，那时候要是那画画的给他们画了一张画多好啊。

"画人啊，还画房子，画花。"女孩说。

从此她们的话题有了转移，改成对这个画家的描述了，他画什么，在路上怎么过，等等，都成了津津有味的话题。不过，基本上是女孩儿说，女人听。女孩儿对画家的描述越来越缥缈，第五天晚上，女孩儿口中的画家，差不多成了神笔马良了。现在，连女人对此都深信不疑，一切似乎都是她们亲眼所见，她们简直是跟随画家一路走过来的。她们暂时摆脱了现实的痛苦，沉醉在迷人的梦幻里。

当她们沉沉睡去时，这个虚飘的幻想忽然具体起来，悄然向她们靠近。

……岑寂的夜里，门锁重重响了一下，一道电筒光引领着脚步声跌进屋内。女人和女孩被光射到眼睛，苏醒过来，睁眼坐起，盯着门口满脸血污的人，炸开一片惊叫。

这几声惊叫，后来为小石场街平庸的日子增添了许多谈资，是当事人无论如何想不到的。听惯了拖拉机声的小石场街的居民们，乍听到一连串惊叫，吓醒过来，在床上坐起。什么声音？女人们竖起耳朵，一只手笼在耳朵后。男人们也跟着坐起。尖利的叫喊刺穿拖拉机声，破空而来，在耳朵里激起一片回响。

"是个女人。"男的说。

"你就知道女人。"女的在黑暗中瞪男人一眼，"是吴半山家那片吧?"

"吴半山家不是没人了? 吴半山两口子死了, 女儿女婿走了, 那房子现在住了个外方人。听这叫声……"男的悄声笑了, 说, "难不成闹鬼了?"

女的咔嗒一声拉亮灯火。

"你别唬人," 女的说, 犹豫着, "怕是吴半山女儿回来了。"

叫声突然断了。再听, 又是突突的拖拉机声, 衬托出夜的静谧。

"不会出什么事吧?"女的担忧地说。

"能出什么事?"男的抓过烟, 抽出一支, 点上了, 白色的烟缠绕着升起。

"你听," 女的抓住男的一只胳膊, "——谁在哭?"

男的已然沉浸在烟草的芳香里, 说"我怎么没听到"。女的也不再问, 自言自语道:"不会那外方人出什么事吧? 这声音……又是个女人, 哪来的女人?"

男的抽完烟, 响起了鼾声, 连同遥远的哭声, 一齐淹没在拖拉机的突突声里。

这么多天以来, 第一个小石场街的妇女走进院子时, 看到女人正在院子里洗衣服。女儿搬一只小板凳，坐在她旁边。在南方高原耀眼的阳光照射下，丰沃雪白的肥皂泡闪着五彩，堆上她们黝黑的手臂，女人抬起一只湿漉漉的手，遮在额前。来人站在院门口，很失态地张大了嘴，呆愣着，好一会儿，脸上干干一笑，说："翠远，什么时候回来的啊？"

女人也笑了笑，说才回来。

来人走近了，看看一大盆衣服，说，回来也不去家里坐坐。见女人笑笑，不说话，又问："昨晚听到这边有人喊，是你喊吧？——住在这儿那个外方人呢？"

女人抬起头来，说："走了。"

来人说，早上还有人说见到他，头上包了块纱布，纱布血红血红的，怕是打破头了。昨晚他住这儿？没什么事？

女人抬起头，"能有什么事？"

来人干巴巴地笑笑，说"我听见你那么叫……"等着女人说点儿什么，女人却又低下头，狠劲揉搓着衣服。来人在院子里，这儿看看那儿看看，静悄悄的一句话没有，有点儿尴尬，又不甘心这么就走，说他呢？没跟你回来？在外面挣大钱舍不得回来了？

女人终于抬起头来，几乎是咬牙切齿地说："死了！"

这么多天来，院子从没如此热闹过。小石场街的妇女们去了一拨，又来一拨。她们如同狗被肉骨头吸引着，蜂拥而至。谁也没想到，这个荒凉的院子里竟然藏着这么多激动人心的秘密。昨晚的叫喊，不见了的外方人，外方人头上的纱布，还有，女人的丈夫，都引起了她们十足的兴趣。起初，女人对这些女人是抗拒的，她太明白她们了。然而，来了不多几个人她就忘记了自己对自己的告诫了。她几乎是有问必答，不少地方还夸张了。"那个外方人？"她说，"我和小雪把他打出去的。凭什么我们的房子他住进来？他说到天和镇我表姐家装修，我表姐知道他没地方住，就把这儿的房子租给她。我才不管这些，我是把钥匙给表姐了，要她得闲帮忙看管房子，可没让她租给人！"不过看得出来，人们对这些关系并不怎么感兴趣，年轻的女人们，虽然出于礼貌，对女人丈夫的死表示出了足够的惊讶和哀痛，并且很体贴地安慰女人，可她们总会躲躲闪闪地绕回到昨晚的那几声叫喊，话语间有些质疑，那外方人那么壮实，怎么能被你们打出去呢？再说有人看到他是今早才离开的；年长的女人们对这些事倒兴趣不大，她们细致地询问女人丈夫去世的原因和过程，女人细致地回答着，那些惊惶的画面，沉痛的声音，再一次浮现在眼前，她不由得哽咽了，红了眼圈。听的人也表示出相同的哀伤，甚至于，有几个心软一些的，还啪啪掉下泪来，女人看到别人哭，更伤心了。有时候，女孩儿也会插上一两句。"他叫了一夜！"女孩儿有点儿自负地说，仿佛拥有的是多么珍贵的秘密。来人无限同情地看她一眼，说他叫什么呢。女孩儿抢着说，叫"我不想死"，她脸上不免显出骄傲的颜色。女人狠狠瞪女儿一眼，女孩儿怯怯地闭了嘴。

夜里，母女俩躺在床上，疲倦之极。她们的衣裳还泡着，没洗完，精力全耗在说话上了。几个月来，她们从没这么畅快地诉说过。她们仿佛惊恐的野兽，小心地躲避着那个会带来无穷疼痛的陷阱。可一旦掉进了陷阱，还躲避什么呢？现在无所顾忌了。反正事已至此了，反正别人已经知道了。心里的疼痛、重压，一个白天，就被抽掉了。她们浑身轻松地躺着，近乎虚脱，都不说话。说什么呢？昨夜以前的那个话题如今看来是那么可笑，她们有了新的话题。

"你说假话！"女孩儿说。

"什么？"女人侧过脸，透过薄薄的黑暗盯着女儿。

"我们没打跑那个人……"女孩儿嗫嚅道。

"你要我怎么说！"女人厉声道，"我这么说，还不是想吓唬别人，要他们害怕！大人说话你插什么嘴？他叫了一夜！你说的就是好话？！"

女孩儿不说话，一会儿，只听见她咬着被子，嘤嘤地哭出了声。

第二天，来人仍旧络绎不绝。女孩儿一句话不说，埋头洗昨天没洗完的衣服。女人的讲述还是那么细致入微栩栩如生，巴不得留住来人听下去，巴不得有更多的人来听似的。然而，她并不能留住她们，她们一个个唉声叹气，实则心满意足地走了。看到女儿漠然的神色，女人心里有气，渐渐地，对来人也在心里生起气来。尤其是对那些年长的女人。她一面回答着她们的提问，一面想，你们有什么权利啊，一次次要求别人讲述痛苦的往事，还问得那么详细，那么追根究底！有的还做出遗憾的样子，说当初若是怎么怎么，兴许就不会这样了。她们凭什么让别人扒开伤疤来看，还要往上面撒一把盐？！最令女人不能容忍的是，她早就想到过小石场街的人们会怎样，可当别人问起时，自己还是控制不住。好像是，那些痛苦的事为她在小石场街赢得了一个特殊的地位，好像是，要靠那些痛苦的事博得小石场街的人们的怜悯。她心里乱糟糟地想着这些，就有些敷衍的样子了。这时，一个五十多岁的中年妇女说："我听街上人说……你别生气啊，她们说前天晚上那个外方人想对你那个，你才打伤他的。我骂了她们，我不信，要是那样，那外方人怎么早上才走？……"女人愕然了，呆呆地望着中年妇女那张微微发胖的脸，脸挨近了，又飘远去。她半天说不出话来。"我！……"她突然大叫一声，赤红了脸，站起来，满眼怒火地盯着中年妇女，手里捏了一只湿淋淋的鞋子。中年妇女并不惧怕，只是，脸上现出吃惊的表情。鞋子的水嗒嗒滴落，湿了裤子。她颓然坐下，把鞋子扔进脏污的水中，两手重新浸进肥沃雪白的泡沫里。两天来，没有一个女人想到蹲下来，帮她搓一把衣服。她垂着头呆了一会儿，眼眶有些酸涩。快点儿洗，她小声对女儿说，不再理会站着的女人。从此，她们母女都缄默不语了。

她们的突然沉默，先是令人摸不着头脑，感到难以理解，接着，人们有些下不了台了。一个个站在院子里，看着她们母女从容地洗着衣服，拧干，甩开，挂上院中的绳子。明亮的阳光在洗净的白衣服上跳动着，灼伤了她们的眼睛。有人鄙夷地说，装什么装啊！

第四天，第五天……仍不断有人来。不过来人的目的变了，她们偷偷摸摸，避在门口墙角，悄声指点一阵，你不相信？不信你过去，看她们理不理你。新来的人试探着走出墙角，朝母女俩走来，脸上挂着笑，说"翠远啊，什么时候回来的？"女人和女孩儿兀自料理着从街上买来的东西，连看都不看来人一眼。来人假装镇定，说"听说大兄弟出事了？

想不到会这样"，一面还抹了抹眼角，可女人和女孩儿不为所动。来人内里乱了阵脚，脸上讪笑着，那笑干巴巴的，说"出去几年回来不理人啦？"女人和女孩儿干脆转身上楼了。

两个小石场街的妇女面面相觑。怎么样？很有经验的那位对同伴说，真不晓得她们怎么到街上买东西。另外一位啧啧几声，说，哑巴也可以买东西嘛。很有经验的那位也啧啧几声，就怕不是哑巴，是疯子。

事态的发展很快超出了母女俩的预想。有一天，她们看到几个男孩手提木棍，闯进院子，闹哄哄聚在一起，领头的那个把一根指头竖在嘴唇上，说"嘘——！不要让老疯人听到"。他们蹑手蹑脚，一个尾随一个，上了石阶，往母女俩住的那间房走去。疏旷的院子悄无声息，阳光照耀着他们因激动而苍白的脸。领头的走到门边，转身做了个手势，"后面人站住了。我先看看！"他说。闭上一只眼，另一只眼凑近门缝。"——啊！"男孩一声大叫。往后一倒，后面几个跟班的应声倒了两三个。队伍乱成一团，棍棒噼啪撞击着。瞧见什么了？男孩们紧张地瞅着领头的。领头的男孩嘴唇哆嗦着，说："我看到了眼睛……四只眼睛……两大两小！"

男孩们陷在恐惧中，门哐当一下开了。女人和女孩儿站在门后，阳光迎面照着她们毫无表情的脸，身后的屋子黑洞洞的，她们便仿佛被黑暗托举着的浮雕。

一时间，男孩们吓呆了，许久，缓过神，却不禁大笑起来。南方高原灼热的阳光煌煌地照着，空落落的院子明亮耀眼。男孩们的笑声久久回荡。

母女俩最难以忍受的是，她们不得不上街。紧挨着走在街上，起初，不断有人跟她们打招呼，长久得不到回应后，人们就放弃了，承认了现实，改为对她们指指戳戳。你瞧！一个人说，真不会说话了！人也呆了！花白头发的妇女摇摇头说，说不好的，过一辈子，哪个没个七灾八难？年纪轻轻男人被枪毙了，又被个外方人那样了，哪个女人还能正正常常的？另一个压低声音，手拢在嘴边，凑到花白头发耳边说，听人家说，她还留那外方人住了一夜，外方人是早上才走的。花白头发摇摇头说，说不得的，怪可怜。有人就附和道，谁说不是呢？瞧着怪可怜的，一个娘和一个儿，无依无靠，说疯就疯了，话都不会说了。真是作孽啊！

她们沉默地走在街道上，紧挨着，对旁人的闲言碎语不闻不问，径直走到某个店铺前，指指某个东西。店员也认识她们，微笑着，说"这个吗？这个吗？"拿起一件件货物给她们看，却故意不拿女人指的那个。店员看到女人咬着嘴唇，脸色发白，得意地朝旁观的人看看，眼角眉梢不小心露出一丝笑。女孩儿忍不住，一下子绕过柜台，跑到店员身后的货架上拿了要买的东西，拍在柜台上。店员尴尬地呆立着，四围的人哄一声大笑。

那天，她们很晚才吃饭。灶房的窗口正对着小石场街背后的大山，青色的山峦凹下去一个大坑，裸出红色的肌肉般的花岗岩。落日照拂下，岩石散发出迟钝的红光。红光映红了她们的脸，将两人之间的寂静扩大了无数倍。筷子敲到瓷碗的声音，好似一朵朵雪花，徐徐飘落，迅速消融在炽烈的红光里。回到房里，母女之间的寂静仍旧执拗地持续着。自从不再跟小石场街的人们说话后，她们之间也变得沉默寡言了。几天以来，沉默像沉重的花岗岩一样压迫着她们。

在沉默里，她们都不由得回忆起几天前的几个夜晚。那些夜晚有过的微弱快乐，在心里悄然生长着。真难以想象，那是一个陌生人带来的。

那天晚上，惊慌错乱之后，她们看到一个中年男人茫然地站在面前，一只手不断擦拭额头，半边脸湿红，指缝间凝了暗红的血。她们镇静下来后，才想起驱逐他。那人明白过来，说"你们是房主人吧？"想要解释什么，在女孩儿的哭声中，被女人推搡出去。"出去！出去！"女人厉声说，眼睛瞪圆了，赤红着。男人连连后退，咣一声被砸在门外。

"妹子！"男人在门外说，"是你表姐把你家租给我的！不晓得你们娘俩回来了，早晓得，怎么说也要回来接你们。今儿个真是对不住，我这样子，吓到你们了。"

"接我们？你是我们什么人？这是我们家，你来接我们！"

女人连珠炮般骂，消散的怒气一下子回来了。男人插不上嘴，只好站在门口连连赔不是，女人并不理会，还是连珠炮般骂。大半夜，两人门里门外，各说各的。女人骂声渐渐低下去，男人声音也渐渐低下去。女人忽然哽咽了几声，竭力忍住了。屋里屋外静悄悄的，一会儿，男人开始喃喃自语，断断续续听来，大概说，好几年前，他老婆跟人跑了，他如今打探到消息，出来找，路上没钱了，先停下来做些活，挣够钱就走。这几天又到他老婆待的那个村子去，非但没找到他老婆，还被一伙人打了。男人说完，叹了几口气，再不说话。她以为男人走了，搂着女儿，靠在床上，天麻麻亮时，打开门，男人还坐在门口，刚欠起身，女人又砰一声关上了门。许久，再打开门，男人不见了。后院屋檐下的被褥也不见了。薄薄的晨曦笼罩着院子。

如今男人的那一番话又喃喃地浮在耳底，有着一个中年男人的沧桑和无奈。后院鸡叫了两声，五只鸡只剩下一公一母两只，女人脸上暗暗洇开一片潮红。原先对那人的恼恨竟没了。甚至想，他和自己也差不多一样的命。女人不觉有几分愧疚。那晚怎么也该问问他头上的伤。这么一想，忍不住自责，忽而，又难过起来，都是命啊！不过这世上，不单自己一个人命不好，原来有那么多命不好的人，那么多命不好的人都好好活着。这几乎是她唯一的安慰，有种相濡以沫的温暖。

夜色渐渐沉淀，盘踞在小小的空荡荡的屋子。没开灯。谁也不敢去开灯，生怕灯火照亮沉默。母女俩在黑暗里塞塞窣窣地脱掉鞋子，脱掉外衣，钻进被窝。小心翼翼，尽量不出声。她们已经熟稔对方的一举一动，再浓的黑暗里，也知道对方正做着什么，因此，绝对不会彼此触碰到。久而久之，她们几乎是刻意地维持着这种距离。沉默的距离。只有一张宽大的被子，就各自执了一边，背对背努力睡。谁都没法睡着，又不敢动，生怕弄出响动，生怕对方知道自己没睡着。

女孩儿睡外面，瞅着玻璃窗，毛玻璃模模糊糊透出夜色。思绪下意识地追着突突的拖拉机声跑，跑啊跑，那些拖拉机一路上都经过些什么地方啊？她正寻思着，忽听到一声低低的哭声，石头缝里挤出来似的。哭声那么弱，像一棵草的嫩芽，却顶得石头挪动了，歪向一边，于是，壮实起来。女孩儿一惊，略微向后侧过身子，她简直不敢相信，怎么是妈妈。是妈妈在哭！哭声飞速生长，蓬蓬勃勃，青翠的枝叶伸展出去，推翻任何可以推翻的东西，抓住任何可以抓住的东西。妈妈在哭！她从来没见过妈妈哭。到刑场认领爸爸的时候，她见到妈妈眼眶红红的，可妈妈并没哭。她以为，妈妈是不会哭的，可现在妈妈怎么哭了？小女孩完全转过了身子，惊恐地盯着母亲黑黑的后背。

是女人在哭，而且一点儿没有收敛的意思，面对黑暗中的墙壁，肩膀耸动着，浑身剧烈颤抖，仿佛正做着垂死的挣扎。哭声蔓延开去，春草一样爬满了一片片山坡，莽莽苍苍，茁壮成一片无边无际、密不透风、遮天蔽日的原始森林。那简直是号啕了。

女孩儿真是吓坏了。一时不知道如何应对，只觉得喉咙哽住了，眼睛禁不住也红了。妈！她抽泣着，轻轻抓住了母亲的胳膊，轻声喊。母亲不理会她。她又低低喊了一声。母亲回应她的仍旧是翻江倒海的哭声。她真不知如何是好了，怯怯的，从后面抱住了母亲。猛然，母亲抓住了她的手，攥得紧紧的，细小的骨头吱吱响。她差点儿喊出来，使劲儿咬着下嘴唇，竭力忍着，眼里滚着泪珠。可母亲的哭声并未因此止歇。

空旷的夜里，女人的哭声在小石场街漫漾开，像是夜的底色，这一片杂乱、破败的街区的底色。小石场街的居民们这次表现出了出奇的镇静。疯子……他们喃喃低语，心里多少有一点儿同情。

那一夜，哭声将母女间的关系彻底打碎，又重新建立起来。之前的关系，纯粹是母女间的，有着不可逾越的尊卑，虽然是天然的亲密，但看上去很疏阔，甚至，含着一点儿仇恨。而新的关系里，她们几乎平等，彼此紧紧相连。新关系令彼此都感到一些羞涩，可也因这羞涩，变得更加坚牢。

她们几乎不记得何时住了哭声，又是何时睡过去的。醒来只觉得浑身酸痛，一夜跋山涉水一般。女人热了很大一锅水洗脸。热毛巾覆在女儿脸上，仔细地擦着，擦完了，看着女儿，笑了。"这下干净了。"女人轻声说。

"我们去天和镇买些东西，今后是不能在小石场街买东西了，"女人停了一会儿说，"顺便，到你姑妈家，问问那个人怎样了。"

女孩儿咧开嘴笑了笑，露出细小洁白的牙齿。

女人终于做出了决定。早先她想到表姐家，责问表姐怎么不征得自己的同意，就擅自将房子租给人，还想责问那个人，凭什么住到自己家。可她迟迟下不了决心。虽说她和表姐很亲近，却暗地里较着劲儿，在什么方面都想超过对方，如今她落到这样一个境地，去见表姐，不是自己找罪受吗？可现在，她什么也不怕了，她都哭过了，还怕别人笑吗？不过她不想再责问什么，只想问问表姐，那个外方人头上的伤怎样了。

太阳从层层叠叠的青黑屋顶后露出头。黄浊的河水映着柔嫩的阳光，自南向北，穿街而过，荒凉又宁静。露水还没干，坑坑洼洼的路面上尘灰尚且低伏着。在店前洒扫的小商贩们，看到女人和女孩儿沿着河岸往南走，慢慢出了小石场街。她们紧挨着，细瘦的影子清泠地映在河面。

2009年3月28日

你在找什么

她分开旁边的叶丛，从很深的根部掐断叶子，

捏在手上又看了一遍，才向大家宣布：我也找到了，

四片叶子的三叶草！

大院子东边石灰剥落的土墙上，太阳轻描淡写画下一条金线，金线离地面还有一个半大孩子那么高。堂屋门边，尤木芳支了一把椅子，——椅子很旧了，在身体下发出轻微的嘎吱声，轻微如同瓦缝间突然坠落的灰尘，带着陈年旧事的气息。尤木芳看看院子里亭亭玉立的双胞胎女儿，又看看墙上那条金线，金线缓缓上升，暮色也一点点上升，白天却一点点矮下去了。女儿们和白天背道而驰，不知不觉间，一下子长高了，高过那条金线，高过她们的父亲母亲。她们一出世，落下第一声啼哭，她就能分清她们，她们具有不同的眼神，每个眼神里都有一个自己微笑着。岁月倏忽而逝，她们眼中的自己矮了，矮了长长一段时光。她们不再事事听她的，她们拒绝再穿同样的衣服，她们对自己和父母亲在某些地方的相像感到不满，对父亲叫错自己的名字越来越生气。

　　扶着龙头。金大年说。金雪扶住单车龙头，眉头拧了一下。

　　那些时间到什么地方去了？尤木芳从没想过这个问题，突然间，这个问题蹦出来，吓了她一跳。她有时翻箱倒柜，翻出女儿们多年以前穿过的衣服，真想不到，那些衣服竟然那么小，小得不像真的，像是给玩具穿的。她一遍遍抚摸它们，想象当年这些衣服穿在女儿们身上的样子，它们包裹着女儿们小小的、充满活力的身体，它们是那么饱满，那么光彩照人，可这时候，它们只是一个空空的壳子了，包裹着一些暗淡的时光，连对它们的想象也显得疲软无力。后来，她禁止不了自己去翻这些衣服，把它们搬到女儿们住的那间屋子，一件一件放进柜子，锁了。女儿们的房间保持着她们每次离开时的模样。一闲下来，她常常心绪不宁，走来走去，不由得走到女儿们的房间，闻闻女儿们的气息，几天前女儿们待在屋里的时光又回来了，她嘴角含笑，心里熨帖了。她在桌子上抹了一指头灰，匆匆提来一桶清水，半个钟头后，女儿们的屋子窗明几净，脚下无尘了。可猛然间，她仿佛一个打翻水壶的孩子，心里追悔莫及。她发现，女儿们的气息全没了。打那以后，女儿们离开后，她再也不会打扫她们的房间，只不时开开窗，让阳光照亮桌上厚厚的灰尘。

　　金大年咬牙切齿，勒紧黑色橡胶带，晃了晃红色行李箱，稳实了。

金雪到昆明上卫校后，第二年，金雨也到昆明去了，是技校。尤木芳清楚地记得送走金雨后的那个下午，她和金大年回到家，太阳还很高，照得院子里的水泥地板明晃晃的，他们一前一后走进院子，晕船似的，感觉脚下软绵绵的。院子里呆呆立着一只芦花母鸡，头一扭一扭地打量他们，不逃也不叫，他们也呆呆望着它，院子静悄悄的，偶尔听见一声远远的狗吠，一只绿头蚂蚱挥着紫红翅膀噼啪啪飞过。金大年回过神，弯腰捡了一块石头，手一挥，骂一声：瘟鸡！母鸡突地往上蹿了一下，撂下两根羽毛，咯咯咯叫得夸张，扑闪着翅膀往后院跑了。寂静重新轰然降临。他们一下子变得手足无措，举手投足异常小心，生怕打碎了寂静。那个下午格外漫长，他们靠板壁坐着，软软垂下双手，从未有过的疲倦一次又一次袭击他们，他们一句话不说，默默注视着东面围墙上的太阳光，太阳光照亮整面墙壁，显得金碧辉煌。

那以后，她和金大年说话越来越少，做什么事都懒懒的。有一天，金大年带回一只小狗，灰不溜秋，肥成一个球，眼睛黑亮亮的像一粒黑玻璃弹，见人先两只前脚撑开，摆开一个威武的架势，然后锐声说：旺！他们开始养狗，就叫它旺。他们又有了精神，似乎把两个女儿全忘了，一心只扑在旺身上。旺一天天长大，他们给它洗澡，和它说话。旺跑远了，他们叫一声：旺！旺扭头看看，犹豫着。他们再叫一声：旺！旺脚不点地，飞跑回来，扑进他们怀里。他们暗暗比赛着，看旺更听谁的话。渐渐地，他们很少和对方说话，都省下来和旺说了。尤木芳说，旺，你听着，你还有两个小主人，等她们回来了，你不许咬，你要是咬了，就不要你了。听到没有？旺吧嗒吧嗒舔着尤木芳的手，尤木芳推开它，严肃了脸问：听到没？旺一脸茫然，望着尤木芳，大声说：旺！又有一天，尤木芳从地里回来，走到墙拐角那儿，听到金大年和旺也说同一番话。金大年猛看见尤木芳，脸上有些尴尬。从此，他们和旺也没以前那么多话了。

　　忘了打气了。金大年懊恼地说。金雪眉头又是一拧，你老是忘记这个忘记那个。金大年脸上挤出一个讨好的笑。金雨找来气筒，递到父亲手中，瞅了一眼姐姐，阿爸忙了一下午了，你还说！金雪眉毛一挑，想要反驳，堂屋门口的尤木芳发话了，多大了，还吵嘴！金雪眼珠子朝上翻了翻，低了眉头。金大年呵呵笑着，说气马上打好。尤木芳说，你就是惯她们，惯出一身毛病！金大年抬起头，说你扯这些做什么。谁也不说话了。尤木芳坐了半晌，好受了一些，头不那么晕了，心口子也不再空落落难受，站起来，走到金大年身边，看金大年打气。金大年两肩一顶，身子一矮，喘一口气，气筒吱一声尖响。金雨站在一边，也看着父亲。院子里静得出奇，太阳烤着雨后的泥土地面，不时有土片被烤干，噼啪一响，卷曲起来。

东西都带了？不要有什么忘了。尤木芳望着金雪，关切地说。金雪低着头，还在为刚才的事气恼，不说话，尤木芳仍那么望着她，隔了好一会儿，不耐烦地说，都带了。万事俱备后，忽然间，时间泄露了巨大的空白，人人的手搁置着，像搁浅的船，找不到歇靠的岸。是晚上八点半的车，这时候才下午五点钟，还有三个多小时。一家人待在堂屋里，开了电视，金雨拿着遥控器，对着电视机频繁调台，不同时间不同地域的人的声音连接在一起，如同一张诡异的面孔，和现实生活同样有着巨大的空白，他们一个个呆呆地看着电视，完全不知道电视播的是什么，不看了，搜肠刮肚找话说，却越发感到那空白的巨大。飞速流逝的时间在这个节点上，突然迟缓下来，一步一步，迈着虚空的步子，从心头走过去。

黄昏的影子刚刚爬上瓦楞，金大年站起来，说差不多了，走吧。大家松了一口气，脸上差不多露出喜庆的表情。尤木芳看看挂钟，说早呢，才六点钟。金大年也看看挂钟，时间在他脸上摇摆着，说，不早了。尤木芳不再说什么，丈夫和女儿走出去后，她四周看看才跟出去。单车链条发出吱呀吱呀单调的声响，大家更加沉默。走出院门时，尤木芳一言不发，猛地又返身回去，噔噔噔跑上楼，又噔噔噔跑回来，丈夫和女儿都望着她，她有些羞惭，说走吧。他们没走，望着院子，黄昏的光线笼罩了院子，仿佛存在于记忆之中。都转过身后，金雪又回头望了一眼，很长久的一眼。

到了门口大路上，只见一只灰黄的狗坐在路当中，偏着头，直视着大家，眼珠子溜过来溜过去。金雨先笑起来，两只手捧着旺的脑袋，说旺，还以为你跑什么地方去了。大家都停下来，看着旺，嘴角翘着笑。金大年对尤木芳说，你信不信，它一定晓得我们从这儿走，就一直守在这儿。尤木芳不搭腔，笑着说，旺，做什么呀？旺不答应，给金雨弄急了，扭着头，张开嘴巴，做出要咬人的样子。金雪也蹲下去，手滑过它的脊梁。耍了一会儿，金大年说让旺和我们到公路边吧。金雨立马附和，金雪也望着母亲。尤木芳瞅金大年一眼，说亏你想得出来，竟抱了旺，回到院子里，用铁链拴了。她出来时，父女三个看着她，耳朵里灌满旺的抗议声。尤木芳说，走吧，它从来没出过远门，出去会走丢的。

走到等车的地方，也不过七点钟。等车处是一个三岔路口，路口有一棵攀枝花树，树上开满碗盏大的花，花朵肥厚、殷红。粗糙的树身已有大象腿那么粗，那是五六年前栽下的。起初只是花盆里的一棵小苗苗，后来长得大了，旁边那户人家才将它从花盆里移出来。攀枝花树还是小苗苗那会儿，两姐妹刚到县里上高中，每星期回家都从攀枝花树边过，从没有一次看到它长大的。它什么时候长这么大了？仿佛是一夜之间的事，或者它的成长不在时间之中，不由得吓人一跳。攀枝花树下有石椅子石凳子，金大年和尤木芳放好行李，在凳子上坐了。两姐妹不坐，在树下走来走去，手空得令人心慌。特别是想到还有那么一大段时间横亘在面前，心里生出不少悔意，后悔出来早了。金雪埋怨父亲，说每次总是你心急，老早就出来，又要等半天。金大年说，我也是怕万一嘛，出来早点儿好。金雪仍然嘟嘟囔囔，金大年总是那句话，出来早点儿好。其实他们都知道，这时候争论这个毫无意义，可一旦停止说话，时间的虚空更会让人措手不及。

金雨一直抬头看树上的花，红艳艳的花朵在她的眼睛里跳跃着，像一朵朵火苗。她想摘一朵花。花太高了，没有人够得到，树身又满是尖利的刺，很难爬上去。金大年不愿再和金雪争论，望着金雨说，想要花？我帮你摘。站起来，要爬树。尤木芳横了他一眼，说像什么样子！大路边上，多少人瞧着，再说又不是自己家的树。金大年尴尬地笑着，说怕什么，摘一朵花嘛，有什么大不了。扶着树身，又问金雨，要不要？我摘给你。金雨踌躇着，看看父亲，又看看母亲，又看看树上的攀枝花，觉得也并不是那么想要，却说，我自己摘。金大年说你怎么摘呢。金雨不理会，转身四处瞅瞅，找到几根小棍子，捏了棍子的一头往树上扔，金雪也跟着拿棍子往树上扔，扔了半天，棍子总是从花边擦过去，没有打下一片花瓣。两姐妹的笑声在树下回荡着，金大年也捡了根棍子，忽然看见尤木芳恨恨的眼神，手没有挥出去。尤木芳心里莫名地感到气恼，她恨恨地瞅着两个疯疯傻傻的女儿和随女儿一起疯的丈夫。小棍子打不下花，金雨又另想了个办法，她竟然从桥栏杆的空洞里发现了放鸭人赶鸭子用的长竹竿，竹竿足以够到树上的任何一朵花。这次，她没费多少力气就夹下了一朵花。她捧着花，恍若捧着一蓬热热的火。她凑上鼻子闻了闻，一丝丝香味没有。姐姐走过来，接过攀枝花，也捧在手中，也凑上鼻子闻了闻，一丝丝香味没有。攀枝花到了父亲手中，父亲又重复了一遍她们的动作，一丝丝香味没有。离开树身的攀枝花仍旧漂亮，却不再具有那股热烈的劲儿了。金雨知道自己犯了一个错误，她失望地把攀枝花搁在冷冷的石桌子上。他们又无事可做了。时间再一次露出虚空的面目。

作为补救，金雨及时发现了另一件消磨时间的事。她看到攀枝花树下有一大片绿色的小草，仔细一看，竟然是三叶草。她听过那个很有名的说法。她蹲下看看，抬起头来说，这不是三叶草吗？说是找到四片叶子的三叶草就会一辈子幸福，我们来找吧。姐姐先过来，蹲下看看，果然是一大片三叶草，像是一个个举着三片叶子的小手掌，偶尔看得见一个花蕾。接着，金大年来了，蹲下后看看两个女儿前面的三叶草，就在自己前面那一堆里扒拉。这不是四叶的？他欣喜地抓住一片叶子，揪起来，再一看却是三叶的。金雨就笑。他也尴尬地笑笑。没一会儿，他又喊开了，这个总是了吧！再一看，又不是。这次连金雪也笑了。好一会儿，他又说，这还不是？扯开叶子一看，果真不是，不由得带上几分懊恼。金雪金雨两姐妹仍笑话他，心里却又有几分同情他。这时候，尤木芳也站起来，看着他们挨在一块儿的脊背，说名就叫作三叶草，你们偏生要找四叶的，不是逼公鸡下蛋吗，上哪儿找去。说归说，她也在另一边蹲下，扒拉那一大片葱绿的三叶草。三叶草在她粗大的手掌下柔柔地俯下身子，散发出淡淡的气息，是泥土和整个夏天的雨水的气息。公路上人来人往，从他们身边经过，一律扭头望着他们，眼里充满疑惑，他们丝毫没有察觉。他们默默无言，神情专注，只有发现可疑的叶子，才会轻声交谈几句，然后又投入更紧张的找寻之中，仿佛要在一片深不可测的海洋里捞起一粒珍珠。尤木芳一直不说话，忽然，她直起身子，说你们信不信我找到了？金大年头也不抬，笑着说你骗鬼吧。金雪抬起头，望着母亲，也不相信。金雨跑过来，眼睛凑到母亲手掌上。真的，她欣喜万分，真是四片叶子的。

金雪过来看了，金大年过来看了，真是四片叶子的。

金雨捏着叶子，舍不得交还母亲，她一遍遍说，还真有四片叶子的三叶草啊。尤木芳微笑着看着她。现在她感到了一种紧张过后的满足和闲适，她稍稍离开父女三个，悠然踱着步子，随意地扫一眼地上成片的三叶草。这么说，我这辈子要幸福了，尤木芳轻描淡写地说，很不相信的语气，又明显是志得意满的样子。金雨兴奋得两颊各浮了一朵红云，说妈，你这辈子真要幸福了。

金雨攥着那片叶子，蹲在母亲扒拉过的三叶草间找起来。金大年和金雪也反应过来，在她旁边蹲下，六只手穿行在幽深的海洋里，寻找着各自的那一粒闪亮的珍珠。不过一分钟的时间，金雨几乎不敢相信自己的眼睛，她也看到了一片四片叶子的三叶草。她听到自己的心突地跳了一下,一句话不说,一双手轻轻笼住了叶子,两个指头错开叶片,真有四片!她分开旁边的叶丛,从很深的根部掐断叶子,捏在手上又看了一遍,才向大家宣布:我也找到了,四片叶子的三叶草!

金大年和金雪站起来,仔细审视金雨手中的叶子,脸上是欣喜、懊悔、失落混杂成的复杂表情。会不会这片有很多这样的?金大年嘟哝着,又看了一眼金雨手中的叶子,蹲下继续找。金雪却久久注视着妹妹手中的叶子。金雨用拇指和食指捏着自己找到的叶子和母亲找到的,仔细比较着。自己的比母亲的要长一些宽一些,也鲜嫩得多,自己的幸福应该比母亲的年轻,也比母亲的多。她跑到母亲跟前,让母亲看。尤木芳说,我老了嘛。说这话时,她笑得那么年轻,她说,看来以后我们娘儿俩要幸福了。她望着蹲在一大片三叶草间找寻的丈夫和大女儿,说那他们父女俩呢?金大年和金雪不说话,暮色勾勒出他们厚实的背影。金雨拿了叶子又到父亲和姐姐身边,再次蹲在草丛间找起来,不再那么认真,手从凉爽多汁的叶子间穿过,心里格外轻松。尤木芳注意到了路上疑惑的行人,笑说,你们再找下去,路上的人也要下来找了,以为找什么金银财宝呢。

天渐渐暗了。谁也没再找到第三片能带来幸福的叶子。金雪先站起来了，不舍、失落地望着朦胧成一片的三叶草。金大年还在草丛间扒过来扒过去。尤木芳说，别找了，你小了？车快来了，也不瞧着点儿。金大年直起身子，尴尬地拍拍手，这东西还真不好找，以为到处是呢。又笑说，看来我和金雪这辈子不幸福？昏暗中，一家人站的站，坐的坐，一时无话。金雨捏着那两片叶子，认真比对着。金雪注目着那一片片沉在夜色底部的三叶草，很落寞的样子。尤木芳心里被一根细细的针扎了一下。金大年也注意到了大女儿，他指点着远处的灯光，声音很响亮地说，肯定是那辆车了。可车驶近了，却不是，他接着猜下一辆，还是错。

直到上车，金雪都没再说一句话。他们站在车下，望着金雪背了鼓鼓囊囊的背包，挤进车厢，把背包卸下，坐在床上。床位是靠窗的，他们却始终只看见金雪的背影。金雨捏着那两片叶子，朝车窗里的姐姐挥舞，姐！她的声音湮没在轰响的汽车发动机声音里。金雪至终没扭过身来。车子开出去了，金雨手中的叶子在汽车的灯光里一闪，退入了夜色。

回到家后，金雨把两片叶子很小心地夹进一本软壳笔记本里。

大院子里的日子明显沉寂了。金雨时常和旺玩，笑声、狗吠声在院子里飘来荡去，院子愈加寂静。寂静中，时间悄然而逝。金雪走后没几天，金雨也要走了。似乎为了填补人数，尤木芳带上了旺。

旺从没出过远门，这一出去，不得了了，一路吠声大作，紧紧粘着金雨的脚跟，不肯往前，也不肯往后。金雨生怕踩到它，反倒不止一次让它绊到了，走得跌跌撞撞。遇到村里人，金大年和尤木芳脸上挂不住，大声呵斥旺，旺叫得更加响亮了，引得满村的狗也大叫不止。它是高兴呢，金大年说。从没出过远门，这次长见识了，尤木芳说。好不容易到了等车的三岔路口，旺才不叫了，偎在人脚边，吐出鲜红的舌头，呼哧呼哧喘大气。

攀枝花又开了好多，那片三叶草已有不少冒出花蕾。金大年几乎是放下行李就开始蹲在草丛中找。我就不相信找不到一片四叶的，他说。他虽然脸上带着笑，仍掩盖不了焦灼。他从一片三叶草走到另一片三叶草，他的身子曲着，眼睛艰难地在大片三叶草中搜寻。金雨笑嘻嘻的，跟在父亲屁股后头。尤木芳坐在石凳子上，手指梳着旺长长的黄毛，带点儿同情地望着金大年。她预感到金大年找不到的。这种莫名其妙的预感是那么强烈，以至于她对金大年简直是怜悯了。金大年果真没找到四片叶子的三叶草，但他找到了一片有五片叶子的。他差点儿连根带土地将那棵草拔起来，瞅了一眼，又瞅了一眼，递到金雨面前，说你瞧瞧，我找到的更厉害，比四片叶子还多，有五片叶子！金雨很惊奇，接过叶子，数了两遍，确实是五片叶子。她把叶子拿给母亲看，尤木芳也很吃惊，说不得了了。金大年很得意，说看看吧，你们都没我幸福。尤木芳松了一口气，笑着说，就你幸福。金雨捏着叶子左看右看，却说，不对呀，我只听说四片叶子的三叶草能让人幸福，又不是说叶子越多越能让人幸福。

上车后，金雨不像姐那样，只转一个背影给父母，她一直隔着玻璃看着他们，他们向她挥挥手，她也向他们挥挥手。旺吠叫一声，跳进车厢，被尤木芳一把拽下去了，旺对着客车大声吠叫。车子迟迟不动。金雨把背包放在枕头边，按了按，想起里面那本笔记本，笔记本里夹着两片三叶草，四片叶子的。她再抬起头，看到父母还站在车下，妈拽着旺，父亲还在向她挥手，她禁不住后悔了，她刚才不该对父亲说那句话的。这时候车子缓缓开了出去。

这次车来得早，回去时太阳还剩小半个。金大年推着单车，旺粘着尤木芳的脚跟走，它不再叫了，嘴巴里发出讨好的呢喃。他们一路无话，金大年把那棵草插在单车龙头上，青绿的草一晃一晃。快到家时，金大年说，你瞧，我们小时候叫这个幸福草呢，说是叶子越多越好。迟了一会儿，尤木芳说，越多越好。

2008年5月22日

万能灵药

他端着招聘简介叠成的盘子，恶作剧地往里扔了一枚一块钱硬币。

这是一家开在两层楼屋顶上的烧烤店，每晚会聚集不少学生，啤酒被他们喝得流水似的，哗啦哗啦，烧烤的竹签子堆成了小柴垛。杜庸不止一次率领比他小五六岁的学生到这儿，坐成一大桌，一边吃烧烤，一边谈论文学。这种氛围常使杜庸回想起自己的大学时代，那时候他和同学也是经常这样在烧烤店里高谈阔论，尽情畅想、谈论自己的未来。除此之外，杜庸还能通过这些活动，了解一下学生们的想法，和他们拉近距离，从而便利自己的辅导员工作。何乐而不为呢？

在所有学生中，杜庸默默注意到一个很奇特的学生，叫万三。万三大概是这群学生中最不起眼的了，要不是经过好几年的观察，杜庸也不会注意到他。万三从来不像其他学生那样吵吵嚷嚷地敬酒劝酒，不过，喝起酒来却异常地实在，只要有人劝酒，他必干，而且没人劝酒的时候，他也默默地独酌独饮。他在众人的吵嚷中沉默着，胖大的身子安放在凳子上，异常稳实，简直算得上木讷了，只有那一颗硕大的光头给他熏染了一些艺术气质。昏晦的灯光打在万三光溜溜的蛋清色头皮上，整个脑袋犹如一只抹了香油的大鸭蛋。杜庸盯着这只大鸭蛋，搞不懂里面究竟藏了什么玩意儿。

大四后，杜庸再组织这样的聚会就难了，学生们接到短信邀请后，经常回复各种不能参加聚会的理由。学生们正忙于找工作写论文，没那个闲情谈论文学了。他不免有些失落。然而，万三仍旧风雨无阻。这一次，竟然只有万三一个人来了。杜庸不得不感动了。感动之余，杜庸也不免奇怪。万三怎么不像其他同学那样忙呢？他回忆了一下，班里那么多学生，绝大多数找自己商讨过工作的事儿，万三跟自己经常见面，竟从未提过工作。

他盯着万三说："哎，万三你工作找得怎样了？"万三明显愣了一下，眼珠子盯着他，迟缓地转了转，没说话。他又问了一遍，万三还是那么盯着他，连眼珠子都不动一动了。他明白，万三还没找到工作。那一刻，他真够羞愧的，他给那么多学生提供了就业信息，竟然没跟万三说一说！他不好意思地说："没事没事，工作本来就不好找，今年不是还经济危机嘛，怕是更不好找了。不过一个萝卜一个坑，社会上总有个位子等着你去填。我给你提供些信息，你先投投简历看。"他并没在万三脸上看到一点儿欣喜的表情。万三仍旧沉着脸，脑袋愈发像个大鸭蛋。他下意识地搬出对其他学生说过很多次的一大套话："万事开头难，尤其找工作。别想一口吃成一个胖子，投上几份简历，慢慢会有消息的。等找到了工作，你就会发现，找工作并没那么难。"他对别的学生说这句话，总能让他们宽慰地一笑，可这句话在万三身上失灵了。

万三皱了一下眉，说："我不想工作。"

杜庸瞅了他一眼，"不想工作？"

"绝大部分人都不喜欢自己的工作，只是为了混口饭吃才不得不工作，事实上，混口饭吃并不是多么困难的事，为什么非要做自己不喜欢的工作？"万三把一长串有点儿绕的话说得有条不紊，眼睛恍若两盏小油灯，明晃晃地对着杜庸。

杜庸从未听过万三一口气说这么多话，连他自己都为万三感到有些气喘。他瞅着万三，想要研究出这只大鸭蛋包裹着怎样的思想。凭着辅导员的直觉，他感到这学生有危险。他得及时对鸭蛋壳里的成分加以分析。

"那不工作的话……你想做什么？"杜庸试探着说。

"老师不是经常说，没有艺术的人生是不值得过的？"万三两只手在桌下握着，身子微微向前倾，眼睛一眨不眨地盯着杜庸。

"我是说过……不过那也得有份工作养活自己。艺术可不是……万能灵药，很多时候，只会害人，不会治病。"杜庸快速理了一下自己的思维，暗想，你能从事什么艺术呢？没见你写过一首诗，也没听说过你会画画、雕塑、唱歌、跳舞，他脑海中瞬间浮现出万三胖大的身材翩翩起舞的画面，唇角不由得露出一丝笑意。

万三把头低下了，两只手在桌下绞扭着。

杜庸知道自己击中了万三的七寸。作为中文系的辅导员，他很鄙视班里那些成天往外语培训机构钻、成天想着到外企实习、成天西装领带哭喊着要当公务员的学生，总是希冀着他们能翻翻正经应该学的文学课本，到书店里的文学类书架前站一站，可奇怪的是，一旦他们这样做了，甚至像万三这样，决计从事艺术行当了，他又陡然生出另一种鄙夷来：艺术岂是这么容易从事的？！

杜庸掩饰着心中泛起的鄙夷，语重心长地说："再说，你恐怕连自己能从事什么艺术也不知道是不是？"他踌躇了片刻，又说："你能做什么艺术呢？总不能做行为艺术吧？

大概搞行为艺术不需要多少功底。"他轻快地笑了起来。

万三抬起头，脸上的两盏小油灯亮晃晃的，似乎被点燃了。

"行为艺术？！"万三惊讶得豁着嘴巴，"老师您觉得我可以搞行为艺术？"

杜庸一时间没跟上万三跳跃的思维，也豁开了嘴巴。

"哈！"万三忽然一拍桌子，站了起来。肥壮的身子犹如一堵小小的山峰陡然间在杜庸眼前耸立，"我之前怎么就没想到呢！这主意不错！要说工作，这也算是工作呀！"

杜庸算是稍微缓过神来了。他不明白自己随意扔了一个火柴头，怎么就造成了一场森林火灾。他举手往下压了压，示意万三坐下。万三犹豫了一下，重新坐在他对面。他用审视的眼光打量着万三："那你说说，你搞行为艺术为了什么？"

万三一下子就熄火了。杜庸分明看到，万三脑袋上那两盏小油灯黯淡了。万三垂下眼帘，垂下头，手在桌子底下绞扭着，像个犯了错误被家长逮到的小孩子。杜庸简直有些可怜他。杜庸拿过啤酒瓶，把万三脑袋前的一次性塑料杯倒满了。黄色的啤酒在灯光映照下，有一种凛冽感，让人隐隐感受到即将到来的夏天。万三那颗大脑袋却冒出了一层汗珠，对着灯光忽闪忽闪的。杜庸知道，这是万三陷入艰难思考的标志。他轻轻将斟满的酒杯往万三眼前推了推，自己举起眼前的酒杯浅浅呷了两口。冰冻的啤酒一线滑下，真舒服！

"这或许算不上一份真正的工作，但绝对是一件值得做的事。"万三没再拍桌子，却有一种深思熟虑后的笃定。这种笃定令杜庸感到一丝不安。

"那……你的经济来源靠什么？你总要生存。"杜庸感到自己的话干巴巴的，尘土一般落在万三坚不可摧的大脑袋上。

"干起来再说！"万三轻轻拍了一下桌子，抓起眼前的酒杯，一饮而尽。

杜庸明白自己败下阵来了。

他们走出烧烤店，夜已经很深了。夜色被沿途的灯光稀释后或浓或淡。杜庸和万三并排走着，走得格外沉默。杜庸明显感受得到万三雀跃的心情，这小子想跟自己说话，想听自己对他刚刚下定决心要做的事的评价。总算走到岔路口，万三停下来，他也停下来，他对着万三不好意思地笑笑，说自己刚才纯属胡扯蛋。可换来的是万三激动得通红的笑脸。万三说："老师就是老师，今晚您真是一语点醒梦中人啊。"万三说着竟然像兄弟那样拍了拍他的肩膀。万三接下去说了什么，他后来完全不记得了，他只记得自己站在岔路口，望着万三朝宿舍楼走去。庞大的身躯在路面上投下一团怪兽般的影子。

万三躺在床上翻来覆去地玩味"行为艺术"这四个字，不时兴奋得想要说出话来，不过终究没说什么——宿舍里的同学全睡了。不说话又憋得慌，他就从枕头底下摸出电动剃须刀。万三有这么个嗜好，喜欢一个人静静待着的时候，不时摸出电动剃须刀摸索着给自己剃头，也不用照镜子。正因如此，他的脑袋总能时刻锃亮。如果想什么问题想不明白，他更是要让电动剃须刀在脑袋上一遍又一遍地跑，仿佛电动剃须刀的运动能够增强脑壳下面大脑的运动。如果剃头的当口，有人喊他，他手上也丝毫不停。起初，同寝室的人都不习惯他这嗜好，明劝暗讽过他许多次，他只是无动于衷。说到底，旁人确实管不到他头上。室友们只好妥协，仅提出一个微小的要求，希望他不要在他们睡着后嚓啦嚓啦。万三也只好妥协，可实施起来真让人头痛。他晚上再也不能想点儿什么了，非要想点儿什么时，只能两只手在头上胡乱摩挲一气。那天晚上，他摸出了剃须刀又只好放回去，两只手将脑袋摩挲得发烫了，才心不甘情不愿地罢手。

第二天，万三迫不及待地上网查行为艺术的资料，一查，愈加兴奋了。一个人从楼顶张开双臂跃下就叫行为艺术，一个人朝镜子开上一枪就叫行为艺术，一个人用狗血把自己淋透了也叫行为艺术！他简直要惊呼了，这就是小孩子干的事儿啊！不同仅仅在于，小孩子是被动地经历这一切，而成人是主动地去经历这一切！一旦主动了，小孩子的遭际就成了艺术了！万三一面嚓啦嚓啦地指挥电动剃须刀在头上搞"圈地运动"，一面龇牙咧嘴。和学校就业网上那些工作相比，这个事儿太适合他了！自从进入大四，周围的同学不是忙着出国考研，就是想着找工作。他对前者彻底没兴趣，对后者，也热乎了一阵子，以为会有不少有意思的工作等着他，结果看来看去尽是些无趣的，问题是，他硬着头皮往这些无趣的地方投了一些简历，结果全都毫无音信。他正愁接下来该做点儿什么，行为艺术这个想法就蹦出来了。什么叫天时地利，这就是。他想，说干就干。

做准备工作时，万三本着一切从简的原则，认定只有一架相机是必须的，遂花一千块钱买了一架带自动拍照功能的数码相机。他可以让人帮忙或者自己动手把搞行为艺术的过程拍下来。准备工作弄完了，万三忽然不知道该干吗了。他想过把自己的脸用墨水涂成一半黑一半白，然后站到宿舍门口，站到食堂门口，站到澡堂门口，甚至可以站到学校外面的大街上，拍成一个系列，取名叫作"我看世界的辩证法"。墨汁和白粉弄来了，他却下不了手往脸上糊弄。他让室友帮自己涂，室友愣怔着，夸张地嚷，万三，你疯啦？他咕哝着，你疯了我都不会疯，想要说出"行为艺术"四个字，终究没说。除了第一天晚上，他有说出口的冲动，现在他是不愿再跟人多说什么了。那种到处咋咋呼呼的人怎么配搞艺术？他只打算默默地做，最大限度的宣扬就是将照片发到博客上，此外不做任何宣传。他要人们看了图片后说，这就是行为艺术，这才是行为艺术！他不能自己封个艺术的名头。

看来，只能靠自己了。为了画好脸后出去不至于太突兀，他挑了个傍晚。那时，室友们找工作的在外地面试，考研的在自修教室，恋爱的跟女友在逛街，好了，只剩下他了，他拿出准备了好几天的墨汁、白粉和新毛笔，又找来一面小镜子，先往左面脸上涂白粉，涂完了，再往右边脸上涂墨汁，涂完看看，效果确实不错，虽然白不够白。他突然又冒出个念头，干吗不把整个脑袋涂上呢？沿着额头中间的分界线，脑袋上的黑白两色要回旋成一个太极图。这个想法令他激动不已，又不由得犯难，自己剃头还行，自己往头上涂个太极图就难了。正想着，有人敲门，他正陷在自己的念头里，毫不犹豫地喊了一声："进。"门就开了。他扭过脸去，看到一个女生呆立在门口约半分钟，发出一连串凄厉的喊声："鬼呀，鬼……"喊声在楼道里滚动，震荡得整座宿舍楼嗡嗡响。万三想要追出去，刹那之间想到了什么，又缩回来，他立马想到要擦掉脸上的东西，又舍不得，想着不如躲起来，可不等他实施，楼道里的男生一下子涌到门口来了。

在万三漫长的一生中，有许多不堪回首的段落，这必然是其中一段。他永远记得那些脸，先是愕然地张大了嘴巴，气氛凝重，突然，不知道谁笑了起来，所有愕然的脸一下子换了样子，全笑了起来。巨大的笑声蜂拥着从没关严的窗户涌出，在学生宿舍区回荡。对面楼上的窗户一下子全打开了，探出不少脑袋，全在问，怎么回事？怎么回事？

怎么回事？万三的脑袋嗡嗡响，犹如一架超负荷运转的马达。他怎么知道怎么回事。他不知道该干吗，就那么傻站着。看到别人笑得那么开心，他也尝试着笑了一下，这一笑更不得了，四周的笑声几乎要把他托起来。那些脸啊，他永远记得。笑声许久才变得稀稀落落的，这让万三感觉更糟。他宁愿他们笑，大笑，笑声消失后的庞大寂静更加令他尴尬。他该如何回答他们的疑问。所幸，宿管阿姨来了。看得出宿管阿姨非常不高兴，她怎么能够容许在自己治下出现这么一件她难以掌控的事呢？她鄙夷地将万三从头到脚打量了一遍，盯着他的脸，使劲儿盯着。万三想要说点儿什么，只觉得脑袋里白乎乎黑乎乎一片，找不到一句囫囵句子。宿管阿姨仿佛武林高手，总算找到敌人的破绽。她管不了万三的脑袋，但管得了宿舍里的一草一木。她指指桌上和地上的黑的白的点。"这是什么？啊？啊？"她质问道，"你这么随意破坏学校的公物，毕业证不想要了？啊？"

万三在人群的窃笑和疑问中，埋头走向洗手间洗掉了脸上的涂料。他的心情异常沉重，低头站在洗手池前，罪犯似的低着头偷觑镜子里黑白分明的大脑袋。壮硕的宿管阿姨还在用高八度的嗓音责备他，不过他已经听不清她说什么了。他那么杵在水池前，仿佛不知道接下去该干吗。这时候，一块淡绿色的香皂递到他眼前。宿管阿姨不知道从哪儿弄来了香皂，说洗洗吧，这么大个人了！宿管阿姨态度的一百八十度大转变令万三措手不及，一下子就感到异常委屈。——镜子里那张黑白分明的脸让他不由得联想到毕加索的《哭泣的女人》。他愣了一下，终究接过了香皂。宿管阿姨在大棒政策之后，改用怀柔政策，露出了慈母般的微笑，说："多打一点香皂，看你画得还挺认真的。"他先捧了水哗啦啦朝脸上冲，然后象征性地抹了一点儿香皂，黑白混杂的涂料便泛着泡沫沿着水池边沿流去了。宿管阿姨愈发高兴了，嗔怪道："有女朋友吧？让你女朋友看到该怎么说你呢？"他脸上倏地一红，幸好有满脸的泡沫打掩护。宿管阿姨一下子找到了话题，跟他絮絮叨叨地说起如何讨女孩子的欢心，首先要仪表整洁，然后又怎样，再怎样……宿管阿姨的话让围观的人轰轰地笑，她说："你们不信？"那架势，简直要对大伙讲一堂男女恋爱指导课。万三趁着她和大伙儿拌嘴，洗好脸，低着头想要溜，一把被讲得唾沫横飞的宿管阿姨拽住了。"看看你，洗得这么马虎？！"宿管阿姨小姑娘似的嗔怪道，不顾万三的反抗，强行将他的脑袋按在水池上方，撩起水哗啦哗啦给他洗。万三竟然反抗不了，只好捏着拳头，任由宿管阿姨处置。泪水在眼眶里转动着，和气味猛烈的香皂水混在了一起。

万三的宿舍被宿管阿姨一口气扣掉五分，成为整栋宿舍楼最邋遢的宿舍。由此可见，宿管阿姨是个恩怨分明的人。

万三决定从哪儿跌倒，就从哪儿站起。当他被宿管阿姨强行按在水池里洗头时，他就决定了：豁出去！他不在乎室友的议论和眼神，不在乎班里女生们脸上同情的微笑，也不在乎外系同学看恐龙似的偷偷摸摸跑来看他，更不在乎学校论坛上大惊小怪的议论。但不得不说，他还是有在乎的时候。等了好几天，杜庸竟然一直没找他谈话。出了这么轰动的事，辅导员不找他谈话是说不过去的。作为辅导员，杜庸非常尽职尽责，他不可能不找他谈话。一开始，他确实是忐忑的，他不知道该如何面对杜庸的目光。他的第一次行为艺术不但失败了，还失败得这么丢人。一想到这个，他就难受。奇怪的是，杜庸一直没找他。他像一只暴露在光天化日下的猎物，迟迟等不来猎人的箭镞。在等待的煎熬中，万三的心绪逐渐平静下来。他经常仰面躺在床上，脑袋里白晃晃的一大片，水波似的。一天，水面浮现出一只小船般的念头：行为艺术是一种行为的艺术，那被阻止也是一种行为。从这个意义上来说，他的行为艺术还是成功了的，至少成功了很大一部分。他可以将这次行为艺术命名为"一次被阻挠的辩证法"。他还应该继续，不该就此停歇。一个新的想法瞬间就进了他的脑袋，他猛地从床上坐起。床架嘎吱响着，室友们惊异地瞅着他，他瞪着窗外，说了一句莫名其妙的话：从脸上跌倒，就从脸上爬起来。

万三还是在脸上做文章。他似乎不甘心就这么放过自己如此特异的大脑袋。这次他不再往脸上瞎涂抹了。能省就省吧，只要能表达意思就行。艺术重要的是才思不是材料。他弄来一块黑色厚纸板，做了个面具，两只眼睛处用白色记号笔画上电子邮件符号"@"，中间抠出小洞。这并不是他的创意，他曾看过一张照片，一个男人举着一张画了两个"@"的纸挡在脸前。他不过对这一方案略加改良。万三手指短粗，不过从木匠父亲那儿传来了一股机巧，做出来的面具戴在脸上非常熨帖，简直就是脸的一部分。他盯着镜子里戴面具的自己，想，这次行为艺术就命名为"符号后的世界"吧。

这次他学乖了，将展示的场所换到了地铁站。地铁站人多，一茬一茬的，谁也没那么多工夫盯着他，但又都看到了，所以，是个搞行为艺术的绝佳地段。万三不是个习惯早起的人，自从大三下学期没了早上的课后，他几乎没再早起过。如今为了艺术，他连睡懒觉的嗜好都放弃了。天麻麻亮，鸟雀们开始在宿舍外的香樟树上闹腾，手机响了。万三觉得自己才迷迷糊糊睡了一会儿，梦里全是自己戴着纸壳面具的样子。他摁掉手机，又眯着眼睛睡了一会儿，想着将要做的事儿，心慢慢跳得激烈了，方才一骨碌坐起。室友对他这么早起很是纳闷，他不理会他们，埋头洗漱好了，室友冒出一句："万三，你不会又要搞什么玩意儿吧？"万三脸红了一下，瞪室友一眼，想说什么，又没说，径直出去了。天气热起来，早上却还有些冷。万三缩着脖子，顺着路边的围墙根走。走了大概一刻钟，浑身热起来时，也就到地铁站了。

看一下手表，刚好早上八点一刻。

　　地铁站正热闹，进站后两边电梯上上下下，开往市中心那侧的电梯塞满了人。大多是年轻人，全是赶早班的。万三跟在他们后面上了电梯，旁边站个细瘦的女孩儿，穿一身黑色职业套装，手上攥着蛋饼，一口一口咬着。一大股葱花味、鸡蛋味扑到万三脸上。万三禁不住皱了皱眉头。由于太激动了，万三竟忘了吃早点，蛋饼是他经常选择的早点，可他从未发现，蛋饼竟然有这么难闻的气味。他的胃部一阵难受，不禁伸手捂住了鼻子。女孩飞速瞟他一眼，不好意思地低下了头，用小塑料袋将蛋饼包好。这就轮到万三不好意思了。他放下手，目光望向别处。到站台上，便看见黑压压的一溜人马，全是等地铁的。万三高大壮硕的身子很快挤出一条道，到了相对宽松的地方才停下来，转过身才发现，女孩儿一直跟着他。蛋饼不见了，大概是被女孩儿塞挎包里了。他这时才看清女孩的样子，小巧的椭圆脸，鼻子稍微有点儿尖，透出一股孩子气。脸颊粉红，大概是冻出来的。跟女孩才照了一面，仿佛已是熟人了，在她面前就有些不好意思拿出面具来。他两只手紧了紧，伸进怀里从外衣内层口袋掏出纸壳面具，稍稍背过女孩，给自己戴上。然后，面对地铁轨道，肃立。

万三用眼角的余光瞟到，女孩儿张开樱桃小口，惊讶得露出两排好看的白牙齿。

万三有一点儿羞涩，旋即，又滋生出一种骄傲。

熙熙攘攘的人群转瞬间安静了。不少人都朝万三扭过头来，有人悄悄指点着，又悄悄交谈着，脸上露出讥嘲的笑。万三又捏了捏手，尽量坦然地迎接着那些好奇的目光。一旦他迎上那些目光，那些目光便犹如撞上盾牌的箭，瞬间委顿了。他猛然明白过来，人们看似强大，其实他比他们更强大。因为他们的脸是外露的，只有他的脸、他的表情，全部掩藏在一张薄薄的面具之下。他怎么没想到这点呢！刹那间，他的骄傲膨胀着。在人群中，他绝对是权威般的存在。是他在审视他们，而不是他们在审视他。他坦然地将目光扫向人群，人群纷纷回避。当目光走了一圈，转到女孩儿身上去时，他莫名地生出一股羞怯——只有女孩儿注意到他的真面目——匆匆跳过了女孩儿。他只是用余光瞟见女孩儿仍旧吃惊地微微张着嘴巴。不等他的行为引起进一步的反响，地铁呼啸着进站了，人群哗啦一下恢复了喧嚣，挤挨着填进本已拥挤的车厢。车门关上后，万三看到女孩儿的脸几乎贴在车窗上，仍目不转睛地注视着自己。隔着一层玻璃，万三才有勇气去回应女孩儿的目光。但女孩儿的脸随着列车呼啸而去后，他的脸还是禁不住红了。

站台一下子就空荡荡的，只剩下万三独自面对两条轨道。下一拨人陆陆续续到来，人们一看到他，略微吃了一惊后，皆低下头沉默着，甚至没人再议论他。站台上异常安静。人一拨一拨离去，又一拨一拨补充上来。十点钟左右，人才少下来。万三在又一拨人离去后，走下站台，取下了面具。万三有些兴奋，这次行为艺术无疑是成功的，是个很不错的开头。他决计继续下去。此外，那个女孩子，也使他决计继续下去。他回学校的路上，那个女孩子的面容一点一点地回到眼前来了。也许，她和他还是一个学校的。也许，他在校园里还会碰见她。那时候，没戴面具的他等同于戴了面具，他认得出她，她却认不出他。无论戴不戴面具，他永远是躲藏在面具后面观察她。对其他人也是如此。想到这一层，万三又多了一些兴奋。这真是一次不错的行为艺术！

万三第二天没到地铁站去。他躺在床上想，那些头天被他镇住的人，一定会想，他到什么地方去了。想到那么多人会"思念"他，包括那个女孩儿，他就乐滋滋的。第三天一大早，他再次到地铁站去。刚过了检票口，他一低头，就把面具戴上了。旁边不断有人朝他望，他几乎不再感到一丝羞怯，托塔李天王手中的宝塔似的戳在站台上，看上去非常威严。人来人往，他不再刻意去回应他们的目光。他渐渐明白，他在等那个女孩儿。一旦明白了，他忍不住紧张了，她还会不会来？等到八点一刻，女孩儿并未出现，失落像水一样浇了他一身，浑身感到疲沓。可他不愿离开，一直到九点钟，女孩儿才出现在电梯口，手里仍旧捏着个蛋饼，正大口咬着，一看到他，先是一愣，然后不好意思地笑了笑，仍将蛋饼用塑料袋包好了。他偷偷望着她，很想对她说，没必要把蛋饼藏起来。正想着，列车驶进站，女孩儿一条小鱼似的钻进去，车门关上的瞬间，似乎将脸贴在车窗上朝他笑了一下。

万三没再间隔，天天八点钟就到地铁站去。女孩儿也几乎每天八点一刻出现。他们不说话，只那么似有若无地看上一眼，只有女孩儿上车后，脸贴在窗玻璃上，他们才会对视着。几秒钟的时间里，两张面孔便匆匆错过了。一个星期后，虽然万三并没记住几个等车的人，但所有人似乎都很熟悉他了。他们又恢复了往常的样子，喧嚷着，沉默着，列车来了就一拥而上。万三对他们已经完全失去兴趣，只有女孩儿仍旧使他激动，让他每天早起跑到地铁站来站桩。一个念头也就油然而生了。万三想要跟女孩儿说话。这是超出预先设计的，在万三看来，也是很没有职业操守的事儿。但这个念头太强烈了，若不跟女孩儿说上话，这次行为艺术仿佛就缺了一大块。他左思右想后，总算找到一个两全其美的办法：请女孩儿帮忙给他拍照。他很难开口让其他人给自己拍照，只有女孩儿堪当大任。为此，他准备了一大套说辞，足足演练了大半夜，第二天走在去地铁站的路上，又一遍遍练习，只觉得喉咙都沙哑了。女孩儿再次准时出现后，他捏了捏手，使劲儿掐了自己两下，却只对女孩儿说了一句话：

"唉，可以给我照几张相吗？"

他的声音哑哑的，有一种不怀好意的感觉。女孩儿一定感到非常意外，愣怔了一会儿，脸色绯红，说："可以。"他说："可以多照几张吗？"女孩轻声笑了一下，歪了一下头，说："可以。"

女孩儿很慷慨，给他照了三张，才将相机交到他手里。接相机的时候，他想碰一下女孩儿的手，总算忍住了。他匆匆说了声谢谢。不谢，女孩儿说，好奇地打量着他。他还想说点儿什么，又实在找不到话可说，尴尬地扭过脸去，不让女孩儿看。可他知道女孩儿一直盯着他看。他忽然有种冲动，想要揭下面具，用真面目面对女孩儿。可那样一来，他们该如何面对彼此呢？他不再是他。她也不再是她。他们都太过具体了。他永远只能躲藏在面具后面，躲藏在两个黑黑的"@"后面。他捏了捏手，又掐了掐手，只是枉然。这天的列车似乎来得特别晚。那么一大段空白的时间，万三头一次感到时间的煎熬。列车终于进站后，他竟然奇怪地松了一口气。女孩儿挤上列车，他鼓起勇气，盯着女孩儿，门缓缓关上后，女孩一抬头，撞上了他的目光，女孩儿平静的脸一红，闪过了一丝笑意。他也不由得笑了一下。不过，女孩儿看到的只是他冷漠的面孔，她一定尴尬了，低下头，不敢再看他。这一瞬间，他真恨不得摘掉面具。这该死的面具！直到女孩儿走出地铁，他再没看到她的眼睛。

第二天，他没碰到女孩儿，接下去两三天，他也一直没再碰到女孩儿。他恐怕再也见不到她了。他不明白女孩为什么要躲着自己。在没有女孩儿的地铁站待了五天，实在没什么滋味了。他走到一个隐蔽的角落，将面具取下，随手一揉，扔进了垃圾桶。

万三情绪低落了一段时间。他将一些照片放到博客上，几天之内，博客的点击率是上去了，不过，留言要么是谩骂，要么是疑问——神经病！或者，神经病？万三没有辩驳，只是不再往博客上放照片了。他反过来想，放照片其实有着向人献媚的嫌疑。他还不愿意干呢。他要做纯粹的指向内心的行为艺术。可是，这样的行为艺术有什么意义？他不为钱，不为博得人们的赞赏，更不能为了别的。问题是，根本就没人认为他做的是行为艺术。我就不信！他憋着一股劲儿，像是堂吉诃德拿着长矛要找谁作战。——他的矛是电动剃须刀，只能自己跟自己作战。他手持电动剃须刀，嚓啦嚓啦，把脑袋转了一圈又一圈，不再想意义不意义的事儿，只想，下一个系列做什么。

他突然发现，再没什么特别的想法冒出。几天前，他还觉得自己有用不完的新想法，突然之间，脑袋就荒漠化了。努力挤出的一些想法没一个能让他激动的，都不过是为了表演而表演。他没想到，行为艺术也这么不好弄。他一遍遍看那三张大同小异的照片。他盯着照片上的自己，思绪像河水一样奔腾，女孩的模样影子似的从水中浮现出来。他猛然惊醒过来，重新让剃须刀在脑袋上跑一遍。可剃须刀能剃掉头发，却总也剃不掉恣意生长的焦虑。他去学校步行街买水果，水果摊旁有一家门面很小的服装店，透过落地玻璃，可看到里面的一站一坐两个极像真人的塑料模特。他的影子映在玻璃里，立在两个模特中间。他一时间有些恍惚，一个全新的念头总算冒出来了。

万三决定把这次行为艺术取名为"彼此"系列。

在万三短暂的行为艺术生涯中，这是最轻松的一次。他所做的，无非是挎个相机，游走于各个商场。凡是碰到有塑料模特的服装店，他都会停下来，装作买衣服的样子随意看看，等到店里人多一些，店主忙于招呼其他顾客，他就随便请个人帮自己和模特们合影。这是整个环节中唯一具有挑战的。鉴于地铁站那次教训，万三对请人拍照仍旧心有余悸，不过转念一想，他现在是打一枪换个地方，也就无所谓了。最初总是很难开头的，幸好他找的第一个人只乜了他一眼，就咔嚓咔嚓给他拍了两张照片，还问他够不够。这是个不错的开头。往后就顺理成章了。偶尔会小有波折，但总体来说，很顺利，恰到好处地维持了一个艺术家应有的体面。在这过程中，他的目的不止一次被问及，他总是憨厚地一笑，对方也报以一笑。他的感觉好极了。他总是选择下午到商店里去，他摸索出来，每天商店里总是这时候人最多，也最悠闲。所以，每天他拍完照，走出商店，总能看到灯光在夜的底色上闪现，朦朦胧胧地勾勒出整个城市的轮廓，夜空深邃而黝亮。万三这才想起，到上海后，无论白天还是夜晚，他很少再抬头望天空了。在来上海前居住的南方村庄里，他总是习惯性地仰起头，看月亮，看水波一样闪烁的银河。在上海是看不到银河的，他可以看看别的。现在，他站在高楼脚下，顺着高楼坚硬的线条往上望，身体一瞬间膨胀开，热气球似的飞升。

或许是因为美好的东西总是脆弱的，万三的美好艺术生活持续了不到一星期便夭折了。原因很简单，有一天他在一个生意不是很好的小店转悠了一会儿，服务员跟着他，一口一个"先生，喜不喜欢？喜欢什么样的？"，他只是应付地嗯嗯着，总算等到三个年轻女孩进店，他才舒出一口气。不得不说，这次他有点儿操之过急。服务员才跟女孩们搭上话，他就拉了一位女孩给自己拍照。服务员早忍着一口气，这时候，杏眼倒竖，瞪他一眼，斥道："要拍别处拍去，不买就算了，还想曝光我们！"服务员撇下女孩们，伸开两手要将他往外推。他连连倒退，差点儿绊倒。女孩们尴尬地站了一会儿，离开了，服务员更是大为光火，夹枪带棒的话把他和女孩们一阵好骂。"乡巴佬！"服务员莫名其妙地骂道。他近乎落荒而逃。

他没再抬头看天空。他低着头，走得匆匆忙忙的，生怕被谁认出。

如果从照片数量来衡量，"彼此"系列绝对是万三行为艺术中成果最为丰硕的一次。近百张照片，放在电脑上，一张一张看下去，真有点儿意思。那么多照片，那么多形形色色的衣服，那么多人，可是，中间只有一个真人。如果把这无数张照片洗印出来，黏在一块水泥预制板上，会是一种怎样的景象？那将构成对这个城市的庞大象征！万三想象着，嘴角不由得浮上笑意。再想到那个服务员的斥骂，就觉得实在不值一提了。正是她的斥骂，让这次行为艺术画上了完满的句号。他是如此踌躇满志，立即开始了又一次行为艺术之旅。不过，这次大胆的做派，使得他短暂的行为艺术生涯走向了终点。

万三将这次行为艺术命名为"安居"系列。

万三花了不少功夫准备，一张折叠床，就是他的全部道具。他将床榻折叠着背在身后，乍一看，还以为他是背着画架外出写生的画家。万三刚走出校门，心就虚了。他觉得自己像偷偷摸摸要去干一件见不得人的坏事。这种感觉很不好。之前他从未如此过。他尽量让自己想一些别的事，比如，可以想想那个女孩儿。真是奇怪，怎么就忘不掉她呢？万三摸了摸光光的脑袋，无奈地笑了一下。这次，他没禁止自己去想。太阳正从城市东边的房屋顶冒出，光线洒在梧桐浓厚的枝叶上，影子在冷清的水泥地上悄然不动。万三盯着树影，女孩子的脸就如同一团暖暖的光，在树影的幕布上浮现出来。这真是件美好的事。他将折叠床往肩头拉了拉，心里多了一份笃定。他想，她应该会懂得自己的，她肯定知道自己搞的是行为艺术。这就足够了。

在学校附近的公交车站上车，坐了十多站，就到市中心了。说是市中心，因为离火车站近，却非常乱，不单有各种小贩，还有各种不知道为了什么目的晃来晃去的人。这也是万三选中这地方的原因，因为乱，因为形形色色的人多，也就没那么多人特别注意他。走了几条街道，万三终于挑中一条树荫浓密的街道停下来，靠着一棵梧桐树打开折叠床，支上四条床腿。他站在床后，朝路人看看，没人注意到他，在众人眼中，他只是一个沿街摆摊的。他有些得意，旁若无人地躺在了床上。他知道，这时候一定有不少人注意到他了。他侧过脸，眯着眼看到许多脚，运动鞋、凉鞋、皮鞋，还有土布鞋，朝他围过来。他只能根据鞋子揣测他们的面孔。人们悄声议论着，这人在做什么，是不是病了？他有些失落地闭上了眼睛。让他们议论去吧，他管不了那么多了，不如睡上一觉。这一刻，在这个繁忙的都市里，有这么一小片地方可以让他安生，是很美好的事儿。况且，天气还那么好。这么想着，他真有些困倦了。半梦半醒中，又浮现出女孩的那张脸来。他想，他真是堕入魔道了，竟然对这么一个人念念不忘。可为什么要忘记呢？他甚至纵容着自己，去想那个女孩儿。女孩儿果真朝他走过来了。突然，女孩儿的脸变成了电视屏幕上的画面，雪花哗啦啦一下把整张脸冲散了。他猛然惊醒过来，四周已然大乱。

万三迅速翻身下床，往远处一看，两辆车正朝这边开来，小摊小贩惊叫着，卷起货物，朝各个巷口钻进去，转瞬间，整条繁忙的马路就冷清了，果皮纸屑扔了满地，仿佛经历了一次大扫荡。万三愣着，一时没明白发生了什么事。一个女人背着大包从他身边跑过，拉了他一把："还不快跑，发什么呆！"他猛然醒转过来，慌里慌张地收拾折叠床，还没背上，城管已经窜到跟前。"跑呀！"一名城管气喘吁吁地站在万三跟前。万三不知怎么，反倒笑了一下，不跑了。这时候他明白发生什么事了，也就不用跑了——他又不是小摊小贩。

"我什么也没卖……我在这儿……"

"你是没卖，你没卖……"刚才那城管和随后赶来的三名城管围着万三，把他的折叠床和背包翻了个遍——当然什么也没有。

"你……把东西藏哪儿了？"

"什么东西？"万三恼了，"我干什么了？你们凭什么翻我东西？"

"你干什么了！你还好意思问我们！"城管队长瞪着他，"你还是自己把东西交出来吧。"

"我什么东西也没有，我是……"万三又急又气，瞪着四张对自己怒目圆睁的脸，小声说，"我是搞行为艺术的。"他恨透了自己。他感觉自己打破了什么东西。

"行为艺术……你耍猴呢?"城管队长推了他一把。他往后退了两步，什么也没说。

他不大记得自己是怎么被推进依维柯车里的，车子没开往城管处，而是到了派出所。在车里，城管再问他什么，他都不说话了。他们终究失了耐心，不知谁带头给了他一巴掌，他愕然着，又一巴掌拍了下来。接二连三的，一个个巴掌从天而降，他想起抵挡时，脸上已经挨了好几下，火辣辣的痛得厉害。一旦他开始抵挡，巴掌愈发落得密集了，没有地方可以躲避，可以逃脱。他干脆不再抵挡了，巴掌和拳头石头一样砸在他脸上和身上。他望着被车窗玻璃过滤得呈暗黄色的天色，眼泪止不住涌出来。一到派出所，城管们撂下他走了。派出所的民警问他做什么，他始终不吭一声。他们从他背包夹层翻出学生证，很是诧异，"你这学生证不是仿冒的吧?"民警翻着证件，"你要真是×大的学生，今天算是让我撞上了，没准儿，我还认识你们老师。"自从进了派出所的门，万三就知道事情不好了结了，他最不希望的就是他们翻到学生证。没等他说什么，民警拨了个电话，电话一通，就对电话那端说："老同学，你有个学生叫万三吗？"万三心里咯噔了一下。电话那边絮絮地说着什么。民警朝他瞥了一眼，对着电话那头笑了。"好说好说，我明白了，那你就不用来了，改天请客吧。"

民警挂了电话，盯着他，一张黑瘦的脸忽然笑开了。

"走吧。"民警笑着说，"行为艺术家。"

万三一直等待着，杜庸却一直没找他。他想着，要不自己主动去找杜庸吧，想到杜庸肯定会对他动之以情，晓之以理的，他又不想去了。他一遍遍地想象着，杜庸会如何对他冷嘲热讽，甚至劈头盖脸大骂一顿，让他彻底抬不起头来，让同学们从此再不会用看一个正常人的眼光看他。这或许还不是最可怕的。很可能，杜庸把他喊到跟前，一句话不跟他说，只用早已料定如此的眼神瞥他一眼，就装作忙其他事去了。万三真不知道如何应付那煎熬人的沉默。然而，杜庸迟迟未找他。他想，杜庸会不会在班里宣布这事？就这时候，杜庸突然通知要开班会，万三悬着的心猛地往下坠了一下。对"人言可畏"这四个字，他被宿管阿姨逮到那次，就已领教得足够了。万三坐在最后一排，目光紧紧黏在杜庸身上，杜庸一举手一投足，都在万三心里激起千层波浪。就要说那事了，就要说了！万三攥紧了拳头。两个小时的班会结束，杜庸对那件事只字未提。万三如经历了一场生死浩劫，走出教室，一阵风迎面吹来，浑身禁不住一哆嗦，恍如一下子到了秋天。这时，他才觉出汗水已经湿透了半件衬衫。他瞬间清醒过来，狠劲儿拍拍光光的脑袋，直恨自己没出息。

　　会不会杜庸偷偷把消息跟班里的同学说了？到了晚上万三忍不住想。不能这么想！他知道一旦这么想了，必然会被这一念头拖拽着越陷越深。他摸出剃须刀，嚓啦嚓啦在脑袋上乱推。可那念头不比头发，早已在脑袋里生根发芽了，不是剃须刀可以解决的。他不由自主地观察起身边的同学。越观察心越凉。原来同学们真是早知道那事了！他们一直在对自己冷嘲热讽，说的话看似平常，实则都在指向那件事。譬如，一个室友好几次约他一起去毕业生摆的旧书摊逛，还说，过些天宿舍里也去摆一个。这不是赤裸裸地指向他被城管误认为摆摊吗？他简直受不了他们。他想爆发，忽又想，还是忍着吧，他们正想看到他暴跳如雷呢，他才不能遂他们的心愿！如此折腾了两天，一天晚上，他躺到床上，忽然觉得浑身的骨头酸痛得厉害，回想自己这两天并未有过剧烈运动，怎么如此劳累？思索许久，恍然悟到，是自己太紧张了，活像鲁迅笔下的狂人。他虚弱地笑笑，不想了不想了！就算他们知道了，嘲笑自己几句又有什么大不了？既然选择了这条路，怎么能怕别人嘲笑呢？这么想着，就怔了一下，他竟好几日没想到行为艺术这回事了。想起自己做的那些事，一面觉得恍若隔世，一面竟觉得荒唐。他竟然自己都觉得那些事荒唐！他慌张起来，可这感觉愈发强烈了。他猛然坐起，两只眼睛怔怔地瞅着天花板。——那些事，确实是，荒唐的！他艰难地想。他又猛地倒在床上，不知哪儿来的劲儿，"哇呀"喊出一声。正盯着电脑屏幕的室友纷纷回过头仰望着他，一句话也不说。他陡然感到悲伤一股一股从心底扭结着升起，烟雾似的蒸腾了整个胸腔。他又"哇呀"了一声。室友们痴呆一般盯着他，谁也不说一句话。他抓过被子蒙住头，呜呜地哭了。

万三本是个心广体胖的人，一旦从行为艺术的念头里挣脱出来，恢复起来是很快的，不过，如同大病初愈的人，四肢无力，两眼发虚。之前怀揣着行为艺术的梦想，虽然不切实际，却有种气势汹汹的势头，如今把这根柱子撤了，他几乎彻底垮了。眼看同学们差不多都有了着落，他不免焦急起来，又全然摸不着头脑，只能一味坐在床上发呆，连用剃须刀在头上嚓啦也忘了，头皮上难得地冒出了一层郁郁的头发来。

这天一大早，一个电话打到宿舍，是找万三的。万三从室友手中接过电话，才"喂"了一声，一大堆斥骂迅即从电话那端冲出来。是母亲，还有父亲，他们抢着话筒，愤怒地说着，被派出所抓，学校打电话过来，搞不好要开除……万三先是愕然，随即坦然了，只静静听着。他和父母向来交流不多，父母是老实巴交的农民，他们不会知道他想什么做什么，他也犯不着告诉他们他想什么做什么，徒然让他们烦扰，何必呢。没有这些交流，他们仍旧是最亲近的人，这就够了。听着他们从未有过的斥骂，万三感到他们正变成两个陌生的人。曾经熟悉的父母，正一步一步离他远去。那头两个人吵起来了，又毫无征兆地静下来，接着，传出的是母亲的啜泣。"三儿呀……"母亲哭泣着说，"你要好好读书好好找工作呀。"万三握着话筒，瞬间又看到了那两个熟悉的木讷的人，想起了在依维柯车里受的一顿拳脚，仿佛那些拳脚不是冲自己来的，而是冲这两个木讷的人去的。鼻头一酸，差点落下泪来。

万三没想到，杜庸没告诉同学们，却辗转告诉了一年不打几次电话的父母。他不知道向父母做了多少保证，方才让他们稍微有些放心。放下电话，他茫然地坐了一会儿，就想，该去见见杜庸了。正想着，手机响了，是杜庸。

万三到杜庸的办公室时，杜庸看上去很忙，手里捏着一沓文件，出出进进的。"你坐一会儿，"杜庸匆匆说，"我忙完跟你说。"万三只好在靠墙的沙发上坐着。办公室不是杜庸一个人的，被隔成了六七个小间，杜庸占据的只是其中之一。窗户下，有一棵万年青，想是多日没浇水了，大半叶子萎黄了，耷拉着犹如一个披了蓑衣的人。办公室里的其他人陆续走光了，杜庸离开后再没回来。万三感觉自己也如这棵万年青一样颓丧。他突然想给万年青浇一点儿水，总算从一个老师的办公桌上找到一只一次性杯子，从饮水机接了水，刚要给万年青浇下去，感到一个人站在了办公室门口。那人说："你做什么？"他转过身，看到杜庸笑笑地望着他。他愣了一下，支吾道："给万年青浇水……都快干死了。"杜庸不说话，仍旧笑笑地瞅着他。他拿着水杯，不知道是不是该继续。他终究把杯里的水倒进了花盆。他听到干巴巴的土壤发出一声叹息似的声音。

杜庸打量着万年青，跟万三讲万年青是一种什么样的植物，又跟万三抱怨，自己的工作如何繁忙。万三本想质问他，为什么要告诉父母的，这时候却怎么也开不了口了。他狠狠地吞咽着唾沫，饥饿的人大口吞吃面包似的。终于，他瞟了杜庸一眼，低下头，嗫嚅道："你有合适的工作推荐吗？"话一出口，他都吃了一惊。

"哈……"杜庸夸张地张着嘴，眼角闪过一丝得意。"我说什么来着？我说……"杜庸轻轻拍着办公桌，"一份正儿八经的工作才是万能灵药，其他的都是瞎胡闹！"

万三低着头，很莫名的，心里涌起一阵一阵酸楚。

"不说那个了，"杜庸心满意足又很大度地说，抓过桌上一份材料递到万三面前，用一种非常慷慨的语气说，"喏，这是一家烟草公司的招聘简章，就么一份，这单位里有我大学同学，我跟他推荐了你，你只消拿着这简章去面试就行，找你来就为了跟你说这事……"

万三拿着杜庸给的独一无二的招聘简历回宿舍去，想要高兴，却高兴不起来，想要生气，又不知该生谁的气。杜庸把那事告诉父母不过是职责所在，并不是他的错。父母责备他也不是父母的错。城管治理小摊小贩，似乎也并不错。那算来算去，错的还是他。他倍感失落地回到宿舍，对室友们说了要去面试。大家惊讶得犹如当时看到他一脸墨汁的样子。出乎意料的是，室友们表现出少有的热情，知道他还未购置西装领带和皮鞋，他们立即将自己的贡献出来，并撺掇着他试一试。拗不过他们的热情，他别别扭扭地把衣服穿上了，难受得简直要哭出来了。可他们三个围着他左看右看。

"有个人样了，欢迎回来。"他们打量着他，满脸的喜兴。

万三勉强笑了笑。他感觉到，他们的眼光不再有看到怪物的惊诧和不安，他们看他，就像随意地打量身边的普通一员。

第二天一早，万三就被室友唤醒了，他们表现出从未有过的关切，让他带好东西，又嘱咐他吃完早点再去面试，还再次重复头天晚上的话，让他记得在面试时说些什么。他有些感动，却总觉得他们不怀好意。总算走了，吃早点，坐公交，在面试的大楼里等待了半小时，面试了十分钟，结束了。他不知道自己表现得怎样，也不想知道面试官对自己印象怎样。他只有一个迫切的念头：赶紧把西装领带皮鞋扔掉！而他只能脱掉外套搭在手上，又不解气地拉松了领带。挤上了地铁，他一屁股坐在车门边的椅子上，一副土崩瓦解的样子。这时，他发现手上还捏着杜庸给的招聘简章。想要一扔了之，地铁里又没垃圾箱，他无可奈何地折叠着一沓垃圾，不知不觉地，就折出了一个盘子。这是小学时他最得意的一门手艺，能在一两分钟内将一张纸折叠成盘子、杯子、茶壶等器皿。

他端着招聘简介叠成的盘子，恶作剧地往里扔了一枚一块钱硬币。

他颠着盘子，硬币轻微地跳动着。

他无端地有些难过，他想，自己西装革履的，不过是为了乞讨一份工作。

"你这纸盘子挺有意思的。"一个声音从身侧传来，他抬起头，竟然是她！果真是她！地铁里的那个女孩儿。她有了那么一点儿变化，或者说，是自己没戴面具，所以，看上去她有了那么一点儿变化。这变化让她变得那么具体，那么近，她的漂亮近乎压迫着他，以至于他有一瞬间停了呼吸。他手足无措了。幸好，女孩似乎并未认出他。

"你这是……"女孩习惯性地歪了一下头，"是行为艺术吗?"

"行为艺术……"万三嗫嚅着。这个词真是久违了。这还是他第一次听人说自己做的是行为艺术。"是的，"他语无伦次地说，"是。"

"那……我支持你一下。"女孩儿笑吟吟地往纸盘里扔了一个一块钱硬币。

万三低头看着纸盘，颠颠了几下，两个硬币轻微地碰撞着，发出清亮的声音。

2010年9月16日

解决

男人面朝出口处站立，脸色虚弱。他咧嘴笑着，那嘴缺两颗门牙，看上去黑洞洞的。

一

李麦猫腰钻进出租车，这一天就开始浮雕似的渐渐凸出。他甚至记得，醒前那会儿做的奇怪的梦。梦里的他已经两鬓寒霜，走在一座山与另一座山中间，有一些轻微的风吹过，把秋天吹得很深，把山间小路吹得摇摇晃晃。他沿着小路往上爬，猛然感觉脑门一硬，眼前嗡嗡嗡飞起一窝星星。铅灰色的巨石挡住了去路。巨石表面有无数尖刺扎起，酷似巨大的榴梿。绕不过去，也翻不过去。李麦焦急万分。他听到空中传来父亲的声音：吃得苦中苦，方为人上人。父亲没多少文化，对他的教育翻来覆去就那么几句话，这句是用得最多的。他在梦里恍惚觉得父亲离世好多年了，父亲在那边还不忘鞭策他，他鼻子一酸，也对自己说：吃得苦中苦，方为人上人。他两手撑住巨石，低头开始舔。舌头从巨石表面拉过，一阵尖锐的疼痛迅速传遍全身，他禁不住微微战栗，皮肤下的血管颤动着隐秘的快感，眼泪热热地滚下脸颊。他低低地喊，爸爸。他一下一下舔着巨石，巨石一点一点变软，身体却因为疼痛一阵一阵痉挛着变硬了。石头还没软化，他已经变成一根石柱子，硬邦邦杵在那儿。父亲微笑的脸浮现在被唾液润湿的石面，他极度愧疚，号啕大哭，爸爸，爸爸！

李麦哭醒了，蜷着身子，又小声地哭了一会儿，直到浑身柔软了才止住。忽然看到女友呆呆地瞅着他，他有点儿难为情地笑笑。女友抿了抿嘴。她嘴唇饱满，充满晶莹生动的欲望。他想起昨晚，她的嘴唇轻巧地吻遍自己的身体，如一群饥饿的小鱼。梦到什么那么伤心？她淡淡地笑了。他也笑笑。他们又抱着静静躺了一会儿。她的身体那么柔软，六年多来，从未如此柔软过。不知为什么，他又有些想哭，舌尖下意识地舔着下牙内侧，不知怎么，有一根尖锐的小刺戳在牙缝，用舌尖拨弄一阵，仍旧牢牢嵌着，感到舌尖刺痛了，他才停止运动，把下巴搁在她的颈窝。真想一直这么抱着，他小声说。

李麦目光追随着她，她钻出被窝，背对他套上粉色碎花胸罩，双手往后拉着扣子，等他帮她扣好。他微笑着坐起，挪过去帮她扣在最靠外处。他拍拍她的后背，像拍一匹健壮的小马，她肩膀上还有自己的紫红牙印，为此他有些心疼，伸手想要抚摸一下，她已站起来了，把他的手撂在半空。他注视着她弯下腰，套上小小的粉色碎花内裤，三两步跨到窗口，拉开紧贴玻璃的暗褐窗帘，阳光立即透过内层的白色窗帘灌满屋子。

她说，昨晚下雨了。

他伸长脖子，透过白色窗帘往外瞥了一眼。

他昨晚很晚才睡。他总是很晚才睡。静静躺在黑暗中，他听到她平稳地呼吸，闪电在窗外划过，屋子刹那间被照亮，简单的家具突兀地呈现，如黑暗里潜伏的野兽。六年来，他们在不同的旅馆间漂泊，旅馆的家具大同小异。大同小异的野兽潜伏在他们周围。他莫名地有些胆战，回头看她，她的脸瞬间灿烂，又迅速淹没在黑暗里。随即雷声滚滚，她仍毫无知觉。她从来不知道有野兽，他这么想。

他没告诉她，自己昨晚就知道下雨了，更没和她说起野兽的事儿。

她两手叉腰，在窗户和床之间走来走去，臀部在阳光照耀下，好似小孩子鼓鼓的脸蛋儿，似乎隐隐弹跳着。那是她最有活力的地方。他怎么才能遗忘呢？他们曾经有过许多次最后一次，迷宫似的，推开一扇门后还有一扇门。最后一次不过是疯狂的借口。他们是面临决战的士兵，眼睛里流淌着无限的绝望和柔情。在无数次最后一次，他们的身体那般严密地合二为一。他们禁不住都要恍惚了，真以为会有无数这样的门等在后面。谁想得到真有一天打开一扇门，跨出去就是悬崖万丈？

这次分手已经一个多月，除开基本不见面，他们似乎比往日还要亲密些。他们有一搭没一搭地在网上聊天，一起回忆一些琐事，有些以前不愿和对方说的事，现在以调侃的语调告诉对方，对方总会发来一张惊讶的脸，或捂着嘴笑的脸，抑或嗔怒的脸。他们是那么知根知底，心平气和。这次会面是她提出来的。昨晚，他上完课，一开机就看到她的短信：来陪陪我好吗？我今晚不想一个人睡。他心头涌过一阵悸动和疼惜，潦草地回答了几个热心学生的提问，匆匆打车赶过来了。她并不像他想象的那般忧伤。她把宾馆的门打开一条缝，看到他，露出玉米粒一样光洁的牙齿。她只穿着一条粉色的小内裤和宽松的黑 T 恤。

当时李麦并未发现这一次和以往有多少不同，后来回想起，无数的细节提醒他，那确实是不同的。那天他只觉着有种想哭的柔软的感情在心头盘桓。窗帘淡淡的影子在阳光明亮的地板上晃动，她小小的脚丫子在光影间蹦跳。他凝视着她。她真是个孩子，丰满的身体，清淡的体香，充沛的精力，充满好奇，充满欲望。他们认识时，她十六岁，他也不过二十一。就在那一年，他们开始在不同旅馆间漂泊。多年后想起，他觉得那真不可思议，她才十六岁！但他并不觉得罪恶，反倒感到极度的纯洁。

他看到她捡起地毯上的牛仔裤，他说，小南，我想再抱抱你。

她转回身子，背对明亮的窗户，对他轻轻地笑了，随即在床沿坐下。他抱住她，她的身体那么柔软，丰满。他把头伸过去枕在她两腿间，脸紧贴小腹，轻轻吻了一下肚脐边那个小手指大小的浅浅的胎记，闭上眼睛感受她均匀有力的呼吸。心头莫名地涌过一阵疼惜。真想这么一直抱着，他满怀憧憬地说。他们静静抱了一会。她拍拍他的头，好了，走吧。

在傣妹火锅城，要的鸳鸯锅。他很快吃饱了。不知什么时候开始，他饭量变得这么小。他静静地看她吃。和往日一样，她对食物有着令人羡慕的欲望。即便很便宜的蛋炒饭，她吃起来也要夸上几句，好吃，好吃！这会儿，她从红彤彤的锅里夹起一片羊肉，油油的嘴唇嘬着，呼呼地吹了吹，卷进嘴里去了，被烫了或辣了一下，她愣怔了一忽儿，忽然快速地嚼动，吞咽下去，手连连扇着，哟！太辣了——过瘾！看他目不转睛地看着她，说你吃呀！瞥见他搁在一边的筷子，脸淡淡红了，说你怎么只吃这么一点儿呢？怪不得这么瘦。

筷子在两个锅里搅搅，什么也没有了，她并不沮丧，舀一小勺浓稠暗紫的锅底在碗里，眯起眼睛喝一小口，又喝一小口。喝了三四口，不喝了，坐直，脸红着，半天后打个饱嗝，说不好喝，咸！他兴致盎然地看着，笑了。他想，六年了，她仍然还是个孩子。

在车站等车，李麦心头又一次涌起那股柔软的感情。他从后面抱着她，把手搁在她的小腹那儿，慢慢地摩挲着。去年春天，她不慎怀孕了。他们偷偷去了妇科医院。手术很快结束，护士把她从手术室推出来，轮椅放在床边，带上门走了。麻醉的药效还没过去，她醉酒似的瘫软着，眼睛半睁，目光迷乱，两只手软绵绵地挥舞着。他费了好大劲儿才把她抱到床上。他想给她倒一杯水，她一把抱住了他，口齿不清地说，我们的孩子没了，孩子没了。她哭得呜呜的，说你以后不会不要我吧，我现在只有你了。他抱紧她，难受地说，怎么会呢，怎么会呢。她仍旧一个劲儿地哭着，说你不会不要我吧。

他们之间，一次又一次分手都是她提出的。他知道她在犹豫、挣扎，她一个本城的漂亮女孩，又进了不错的大学，跟他这样一心追求"精神生活"——或许是无法过上富足的"物质生活"——的外地人，确实需要一番挣扎。不过他始终相信她。他以为堕胎之后她再不会说分手了，不想一年后又连续几次提出。她终究敌不过自己。他们终究敌不过时间。

路边的悬铃木刚刚冒出嫩嫩的绿芽儿，还有许久才能长出铃铛似的果实。李麦仰头望着树梢，脸靠近她，他们的脑袋轻轻地碰了碰。

她说，车怎么还不来？

他说，你有事就先回去吧，我独自在这儿等就行。

她说，可以吗？挺罪恶的，扔下你一个人。

他并非真想她先走。她这么一说，他却坚持道，没什么，我又不是小孩子。

他静静地看她走向马路对面，一辆车和她擦身而过。他心里忽地有些异动，如果……他没想下去。她走到马路对面，回头对他笑笑，他也对她笑笑。她走到校门口时，他以为她还会回头的，不想她径直走进去了。

李麦没再等车。他向一辆远远开来的蓝色出租招手，一上车，出租车司机就滔滔不绝地讲开了，他很有礼貌地应答着，当出租车司机问他大几了，他回答说他在一所师范院校教书，司机愣了一下，朝他瞪大了眼睛。

李麦以为司机看不起那学校，脸色不大好看，淡漠地盯着前方路口的红灯，说那学校怎么了？我就是那儿的写作课老师。

司机说老师你别见怪，我是看你太年轻了。我儿子就是那儿的学生！司机有些激动，侧过身子，脸贴近两人中间的塑料隔板。更巧的是，我儿子读的还是中文系，你认识他吧？

李麦后悔告诉他实情了，敷衍着笑笑，眼睛瞄着窗外。宽展的马路两侧是成排的高楼，高楼上的天空这会儿又卷满了乌云。出租车如同棉被底下奋力爬行的一只蚂蚁。他没带伞，有些担心。转念一想，又释然了，淋淋雨也好，趁机疯一疯。他转过脸面对司机。

李麦说，你说什么？

司机臃肿的脸变得和小姑娘的一样红扑扑的，眼睛亮晶晶地闪着光。他把刚才说过的话又说了一遍。原来他在说儿子的恋爱。他竟然对儿子学校的老师说这个。他说儿子在网上发了许多文章，认识了女朋友，女朋友在温州银行上班，家里很有背景。说儿子现在花钱都不跟他要了，就靠女朋友供着。他叹一口气，说老师你说我儿子有什么好呢，他女朋友对他那么死心塌地。他忽然压低了声音，很诡秘地说，还为他堕过两次胎！这小子！他还跟我说他不喜欢那女孩子。司机满脸忧郁，现在的年轻人，怎么能这样？老师你们得管管！

李麦看到两人间的塑料隔板溅了几点水渍，不由得心生厌恶。他身子往后仰，脚直直绷到最前面，陡然感到难以抑制的疲累。他也曾像司机儿子那样年轻过。那是什么时候的事儿？那时她还是高三学生，他还是大四学生。那年夏天他们经历了第一次分手。他在收到她的短信后，又是地铁，又是客车，一个多小时后才赶到她的高中。他在她教室外的两道门间徘徊，躲避着上课老师的目光，但他感觉得到教室里学生的目光不断投到他身上。他不在乎，脑袋里只有一个念头，一定要见她一面。下课后，学生们往教室外涌，他跑进教室，不顾学生们困惑的目光，查找了教室的每一个角落。没有她的影子。一个瘦瘦的女孩子探寻地看看他，笑着说，赵南早走了，你一来她就从后门走了。他脑袋嗡地响了一声，怎么这教室还有第三道门呢？他知道她家离高中不远，好不容易找到，没想到是那么破败的一个小区。她家楼前的草坪大片裸露着黄泥，草坪中的几棵香樟树细如拐杖。楼房也很破旧，门口堆着垃圾，墙上贴满小广告。楼下支着她的单车。他摸到她家门前，防盗门外还有一道纱门。他找不到门铃，只好敲纱门，小南，他被自己沙哑的声音吓了一跳，看看左右，又低声喊，小南！屋里静悄悄的。他环顾四周，暗灰的墙上写着一串串数字和"办证"的字样。他有些难受，心想她原来生活在这样的地方。城市也不过如此。

李麦在门口墙上写了好几遍她的名字，终觉得有些无聊，走到紧邻的一幢楼房二楼，站在窗后盯着楼下。她应该到她妈妈那儿了。那时她妈妈住在医院，胃癌晚期。她总会回来的，她的单车还在楼下。他从背包里拿出一本书来看，是陀思妥耶夫斯基的《罪与罚》。陀思妥耶夫斯基是他最喜欢的作家，《罪与罚》他已看了好几遍。但此时看这本书显然不合时宜。他看了几页就不看了。小区外是一个小公园，公园上空的天空正缓缓变得透明。那是一种让人内心宁静的蓝。李麦一点儿也宁静不下来。黄昏暗淡的光很快笼罩了小区，一个人影从楼下掠过。小南，他喊了一声，跌跌撞撞跑下楼。赵南快速蹬着单车向小区大门冲去。他拼命追上去。终于在小区门外不远处拽住车后座，她只好跳下车。

她没回答他的疑问，目光掠过他，望着城市远方暗淡的黄昏。

他竟笑了一下，说我们怎么就不可能？

直到她的身影完全消融在黄昏的公路尽头，他才往车站走。穿过一条小巷，又穿过一条小巷，他竟然迷路了。待他找到车站，回学校的车早没了。他在车站走了一夜，百无聊赖地观察城市如何渐渐沉寂。第二天一早回学校时，车上挤满了上班的人，他坐在最后一排的角落。高层建筑的玻璃墙闪烁着早晨冷冽的阳光，他感到阳光有些刺眼，拉上窗帘，把脸藏在阴影里。习惯性地从背包里摸出《罪与罚》，翻到昨天看到的那一页，大学生拉斯柯尔尼科夫梦见许多人在抽打一匹可怜的马，"爸爸！他们为什么……揍死……这匹可怜的马！"他不知怎么，竟垂着头，哭了。起初压抑着，哭声仍然吸引了几个人朝他看过来，他忽然就不在乎了，垂着头，身子抽搐着，号啕大哭起来，一面拍打着膝上的《罪与罚》。整车的人都朝他回过头。本来拥挤嘈杂的车厢瞬间就安静了。路边的高层建筑在人们脸上投下大片阴影，他们困惑地看着这个痛苦的年轻人。

李麦想起这些事儿，既为那时候的自己感到难为情，又佩服那时候的勇气。现在他听到她说分手，只感到心里多了一个空洞。他多想哭一哭啊。司机还在滔滔不绝，他恶作剧地想，如果他现在忽然号啕大哭，司机会怎样。他睃了一眼司机，有些可怜他。到学校门口时，云层很浓了，风吹得行人眯缝起眼睛。司机递给他一张名片，还不要他钱，只说要他关照一下自己的儿子，他把钱硬塞给司机，打开车门就被风裹挟住了。司机在后面喊他，他没回头。

刚回到五楼办公室，天已黑下来了，闪电一次次在窗户上跳动。他没开灯，靠在转椅上，闭着眼睛浮想着和她交往的片段。他听到窗外噼里啪啦一阵响，睁开眼睛，才知道是下冰雹了。大颗大颗冰雹砸向窗玻璃，留下淡淡的痕迹。屋子里彻底黑了，仿佛有浓稠的墨汁流动。闪电划过天际，才能稍微辨清屋里的陈设。书架、鞋柜、桌子，那是一些潜伏的野兽。他这么想着，一面用舌尖舔下牙内侧的小刺。

二

李麦所在的学校在本城也没多少人知道，学校领导班子倒是自我感觉很牛气，热衷于提升学校在全国同类院校的排名。作为全校少有的名牌大学生，刚刚进入这所学校时，他是挺有抱负的，中文系系主任对他也很热情，和他一起吃了顿饭，久久握着他的手，鼓励他要为学校带来"名校风采"，又说知道他发表过不少小说，希望他能带动学生的文学热情。他很有些激动，脸红红的，一个劲儿点头。上课不到一个月，他胸口那盆火就彻底熄了。他所教授的写作课有一大半是公文写作，连他自己都觉得枯燥乏味，更不用说听课的学生了。偶尔，他会发挥一下，讲讲文学方面的事儿，他自己是激动了，可发现学生仍旧无精打采。有一次，他在课堂上讲陀思妥耶夫斯基，一个男生懒洋洋地当堂问他，老师，你讲的什么死鸡啊。学生们哄堂大笑，瞅着他看他怎么回答。这些学生真是没法教了。他皱着眉，头微微上扬，看着天花板，忽而笑了，挥挥手说，我讲的就是死鸡。

　　系里的写作课老师不止他一个，还有一位女老师，比他长三岁。她刚见到他，就笑了，说她叫林红，"林花谢了春红"那个"林红"。你真年轻啊，她说，你今后就叫我林姐吧。他没叫她林姐，犹豫了一下，直接喊她林红。她又笑笑，露出非常白的牙齿，嘿！这么一点儿便宜都不让我占。他不知怎么，脸腾地就红了。

　　林红是办公室主任，就领导他一个人。林红也是外地人，和他一样住学校分配的宿舍，宿舍离学校两三公里，林红一下班就回去了。他多半不回去，办公室里有一张可折叠的简易床，白天搁在高大的书架后。林红觑他一眼，说你真努力。他又红了脸，说不是努力，宿舍里太冷清，在办公室睡，他还能看看楼下来来往往的学生，他刚离开学校，挺怀念学校生活的。好一会儿，林红说，唉，看不出你还挺怀旧的。李麦有些难为情，嬉笑道，其实是因为办公室有空调，这城市太热了！

在这城市快十年了，他却还不能适应。夏天太热，冬天太冷，汽车太多，人也太多，他不时会冒出逃回老家的念头。他对女友赵南说过，有时挺想回家乡工作的，回家乡他肯定会受重视，而对于这个城市来说，他这样的大学生根本没什么稀罕。赵南听他这么说，瞥他一眼，赌气道，那你回去啊。他淡淡地笑笑，有点儿无奈地叹口气。他确实想不大明白，为什么那么多人哭着喊着非要留在这个城市呢，他甚至听师兄说，宁愿留在这儿要饭，也不回家乡。当他研究生毕业，轮到他做出决定时，很奇怪的，他也那么拼命想着留下了。他对自己说，那是因为赵南。刚在师院找到工作时，他和赵南都很兴奋。待他一算看上去不错的工资，才发现，要想在这城市买一套属于自己的房子，仍旧缥缈得童话一般。他越来越多地把时间投在工作上，和赵南见面开始屡屡迟到，有时候还会不由得犯迷糊。有一次，他们在影院看电影，赵南说，以后咱们每个月来看一次吧。他说了句什么，赵南不高兴地说，那我跟别人来。他懒懒地说，那好啊。后来，赵南提出分手时很伤心地回忆了这件事，说才不过看个电影，一个月一次，一年才多少钱，别人买好票请她去看她还不愿意去看，她真是太傻了。他有些茫然，心想，当时怎么会那么说呢。

和赵南分手后，李麦仍旧时常犯迷糊。最初的热情消退后，他上课时常出些纰漏。有一天上课后，门口来了个老师，问他这节课难道不是某某的课吗？他说不是，是应用文写作。那老师略一沉吟，微笑着走了。他心里好笑，怎么会有这样的老师，上课都走错门。一节课讲完了，才有学生小心翼翼跟他说，老师，你讲错了。他不耐烦道，讲错什么了？学生说，讲错地方了！不知系主任怎么知道，不再顾及他名牌大学生的面子，着实说了他一顿。回到办公室，林红还没走，笑笑地瞅着他。

林红说，大学生，犯错了吧。

李麦说，师院里都什么老师啊？别人进错地方了他也不说一声。

林红小女孩似的捂着嘴笑。

李麦正不好受，给她这么一笑，更是烦闷，又不好说什么，只闷闷地坐着，烦躁地舔着下牙内侧那颗小刺。那颗刺越来越尖利了，他不止一次试图用手抠，可手总找不到它的方位。他此时很想伸出手指再抠一抠——林红怎么还不走？

林红说，别烦了，到我住处去。

李麦说，什么？

林红说，试试我的手艺。

林红的住处和李麦的住处同在教师小区，如果不是一片葳蕤的香樟隔着，他们可以趴在阳台上远远地打招呼。李麦还是第一次到林红的住处，一进门，就闻到一股似有若无的清香。屋里整洁、明亮，房间是一室一厅，厅就巴掌大小，却让林红布置得很宽松。李麦有些不自在地站在门口，林红在他腰上轻轻一推，他才走进去。他想要跟进厨房帮忙，又被林红轻轻一推。你坐客厅里看书吧。李麦并非真想进厨房，顺水推舟，就在客厅上坐了。客厅后有一个漆成乳白色的小巧的书架。李麦一看，兴奋得不得了，其中一格全是陀思妥耶夫斯基的作品。他的手指触摸着淡蓝色的书籍，在《少年》上停住了。那是他唯一没看过的陀思妥耶夫斯基小说，多年来他一直找不到。他翻开一页，看到这么一句话："如果你苦闷得不行，你就努力去爱一个什么人，或者爱一样什么东西，或者简直就迷上什么东西。"他举着书，拉开厨房门，辣椒刺鼻的气味扑到脸上，他咳了两声。

李麦说，唉，林红，你这儿怎么有这么多陀思妥耶夫斯基的书？

林红回过头来，一大蓬白烟挡在他们之间。林红说，你说什么？

李麦朝她挥挥手中的书，你怎么有陀思妥耶夫斯基全部的书？

林红说，他是我最喜欢的作家。

一会儿，李麦又挥着一本书跑来了。这时林红正在煎荷包蛋，随着欶的一声响，诱人的蛋香在小小的厨房间弥漫开。

李麦说，唉，唉，林红，这些杂志上的林红是你吗？

林红回过头，脸红扑扑的，朝他微微一笑。林红说，让我想想——我和她确实很熟。

这顿饭吃得很漫长。李麦很兴奋，吃不上几口，又停下来，看着林红。

李麦说，我怎么一点儿没看出来，你这么厉害。

林红说，我怎么厉害了？不就领导你一个人嘛。

李麦说，我不是说这个，我是说，你那么喜欢陀思妥耶夫斯基，还发表过那么多小说，那些杂志都是有名的文学期刊啊。

林红撇撇嘴，慢慢地往碗里夹着菜。小说发了也就发了，没什么大不了。陀思妥耶夫斯基是我个人觉得最了不起的作家，不过就看过他两部小说，最先看的是《白痴》，后来又看了《罪与罚》，之后我就把他所有能找到的书都买回来了，但再也不敢看了，写作对他来说简直是自我折磨，那种感觉真让我害怕。林红说着抬起头觑一眼客厅里的书架，一排陀思妥耶夫斯基蓝色封皮的书沐着夕阳。

李麦激动了，说你知道吗，他也是我最喜欢的作家，他的书我差不多都看过，第一次看到的也是《白痴》。这么多年，我还是第一次碰到像你这么喜欢他的人，我们真算志同道合了。李麦脸红红的，说，我真想喝点儿酒。

林红停下筷子，脸也红红的，说我也想喝点儿酒。

李麦到楼下罗森买回四瓶啤酒。他们一面喝酒，一面说老陀，说写作，酒喝光时，天色也暗了。没有酒就如同没了润滑剂，再说老陀或者写作，就觉得干巴巴的。林红望着窗外淡淡的暮色，李麦意识到了什么，脸红了一下，站起来告辞了。

这之后他们不时会在一起吃饭，喝酒。李麦感觉从未遇上这样一个人，能够在读书、写作方面如此理解自己。他不禁心动了，他想，难道和女友分手，是为了遇见她做准备吗？她和他说过，她还没有过男朋友，或许也是为了等他？这个想法令他激动。林红喝上两口，脸就红了，眼睑都红了，目光迷离地瞅着李麦。李麦还清醒着，被她这么一看，手脚都没地方放。他又说起老陀，可林红生气了。林红说，我又不是老陀，你干吗老说他？林红也不喜欢他老说写作，说写作本来就虚空，你老说，不是更虚空吗？他不知道说什么，就慢慢地抿着酒，傻笑。林红还是不高兴，满脸红霞，嗔怪地瞅着他，说你也说句话呀，怎么一个人喝上了。李麦尴尬地笑笑，说什么呢？李红说，我做了这么多菜，你就说说这些菜也行呀。李麦低头看看满桌子的菜，抬起头盯着林红看。林红相貌很一般，又不懂得打扮，和赵南没法比。想到赵南，李麦心里疼了一下。

李麦的冲动来得很突然，他说，林红你知道吗？我从小就想找个会做很多菜的老婆。

林红微微张大嘴，脸红得更透了，眼白好像都带上了一丝丝红色。林红站起来，离开桌子一段距离，说，你瞎说什么！

李麦愣了一下，说你别乱想，我不是那意思。

三

李麦得知赵南有新男友就是这一阵子。其实他早隐约感觉到了，赵南几乎不再给他发短信，他发短信过去，赵南的回复总是很敷衍。一天下午，他在办公室里面对宽大的窗户坐着，忽然就给赵南发了短信，问是不是有男朋友了。她回答很干脆，说，是。他起初还装作很大度的样子，说他是城里人，条件又好，祝福她什么的。很快他就伪装不下去了，发短信过去，说那是个什么混蛋男人。她回说，你不要骂人。他说难道你和他做爱了吗？她说我的事你就不要管了吧。他怒不可遏，我怎么能不管，你是我老婆，我要杀了他。他飞速写着短信，一条条短信子弹一样往她那儿射出，可射中的只是他自己。她不回复了，他还在一条一条发着。他给她发了那三个字后，握紧了手机。啊，他忍不住喊出了声。

透过宽大的窗户，城市里无数火柴盒似的楼房泛着金色的光点，落日如同一团巨大的火，正飞速坠落，眼看就要点燃所有的火柴。李麦等待着那炽烈的一刻。可他只看到火熄灭在火柴盒背后，办公室也随之陷入浓重的暮色。他想象着他正在一艘不断下沉的船里。现在他才真正意识到，赵南已经离开了，这次是真的离开了。他垂下头，两手捧着脸，闭上眼睛。有那么一刻，他完全陷在赵南离去的痛苦里。他悲哀地回想着他们六年的交往，许多欢乐的片段闪着温柔的光，流星一样从眼前逝去。怎么能相信它们真的不存在了？如果那些都不存在了，此刻又存在吗？如果此刻不存在，那什么才是存在的、真实的？他似乎并不太为失恋难过，而是因生活的不真实感到异常的孤独。沉船上只有自己独自一人。沉船不断下降。他蒙住脸，哽咽着，却哭不出来。

与此同时，李麦和林红的关系发生了微妙的变化。李麦又一次对上班有了期待。以前林红是领导，他见到她会有些拘谨，现在情况完全倒过来了。林红在办公室见到他，脸一下就红了，她又不能老找借口离开。他故意装作没事人似的，随意地和她说话、开玩笑，她愈发紧张，脸说不说就红了。她似乎完全没恋爱过。他面对她完全可以收放自如，她却似乎难以自控了。他有点儿得意，喝了啤酒似的微醺着。

他们很久没在一起吃饭喝酒了。李麦生日那天下班后，李麦照例打算留在办公室。林红拎了两大包东西，说带我到你住处去坐坐吧。李麦说，去干吗？林红说别装了，今天是你生日，到你住处给你过生日去。

李麦再三推脱，也没能阻止林红。他并非像林红说的，怕暴露金屋藏娇的秘密,而是屋里太乱,太脏。书桌上的书乱堆着,书架上积了厚厚的灰尘,地板黑乎乎的,印着一个个拖鞋印不说,还有些不知哪来的毛发,外人看一眼肯定恶心得想吐。林红不管他这些唠叨。他只好把门打开。一股热浪掺杂着淡淡的馊味扑出,窗户没关严,木色窗帘在风里飘飞着,漏进一大片阳光,照亮屋里的凌乱。林红转身看看他,满脸的笑意,咬着牙齿说了两个字:狗窝!林红马上干起来,命令他找扫帚,提水,把一袋袋整理出来的垃圾倒楼下去。他倒完第三桶垃圾上来,看到林红朝他举着一面小相框,脸上的笑很僵硬。

林红说,你还真金屋藏娇呀。

那是赵南的照片。这张照片是他们认识一年后赵南寄给他的,那时候赵南才高二,穿着宽松的男式 T 恤(后来赵南把这件 T 恤送给了他,成为他经常穿的衣服),歪着脑袋,抹了淡紫色唇膏,目光亮亮地注视着看照片的人。李麦有些恍惚,照片长久被一大堆文学杂志挡住,他几乎把它忘了。它的突然出现,让他迅速想起了和赵南经历过的那些欢乐时光。那些时光金子似的浅浅地埋藏在记忆下,只需轻轻一拨,就会发出光亮。李麦脸上的表情迅速变化,他走过去,拿过相框,相框已经被擦干净了,他又用手擦了擦,放在太阳光下看。

李麦说，是我前女友，她死了。

李麦后来想过好多次，当时这句话怎么脱口而出的。他几乎吓了自己一跳，奇怪的是，他一下子就进入了状态，仿佛前女友真死了。他抚摸着照片，感到心头阵阵绞痛。

那天的气氛有种说不出的沉重，他们慢慢地喝着酒，好像在躲避着什么，或者想要接近什么。饭吃完了，酒还没喝完，他们就一杯接一杯地喝。

林红说，不介意的话，给我讲讲你和她的事儿吧。

李麦摇了一下玻璃酒杯，杯沿晃着一星儿夕阳的光芒。窗外的落日又大又红，正坠向城市的背面。说什么呢？李麦自言自语似的。他从没和谁好好说过他们的事儿，此时，他真觉得赵南已经死了，悲哀暮色一般在他的心中弥漫开。六年时光啊，他该如何去细数那些过往。他犹豫了一下，说你知道我们怎么认识的吗？你肯定猜不到。我同学都很纳闷，说想不明白我怎么会认识她，那时候我是个刚从外地考过来的大学生，她是本地高中生，我的大学和她的中学几乎在这城市两端，根本没机会认识。同学就猜她是看了我的小说后找到我的，我没承认也没否认。其实……我从没跟别人说过，我们的认识完全是偶然的，不具任何文学色彩。一天晚上我收到一条陌生号码发来的短信，号码只有末尾两位和我的不同。短信内容大概是这样……你怎么不理你女朋友了？她后来说是短信发错了，她并没什么男朋友，不过是跟同学闹着玩儿。可我怀疑她就是无聊了，甚至可以说是"春情萌动"了，想找个人说说话。不过我到现在也没问过她。那之后我们开始频繁地短信来往，一个月后见面，立即接吻拥抱，然后就是分分合合的六年。

那时候我们写多少信啊，每个星期差不多都有一两封，我们从来不觉得可以发短信发邮件了就不用写信。她对文学并没什么特别的喜好，但信写得真好。每次收到她的信我就激动，字密密地写在散发着淡淡清香的彩纸上，字迹很清爽，还有点儿男子汉气概。我那时候已经开始写小说了，但写起信来笨得可以，只是随手写在可以找到的白纸上，勉强写到两页似乎就没话说了。即便如此，她在下一封信里还是会说，收到我的信如何激动，讲她拿到信后刚好上课，只好把信在桌洞里摊开，手指触到嚓嚓响的信纸就心跳加速，一旦老师转身，就低下头扫上一眼，两页信她反反复复看了一节课。

我们从来不吵架，我们还很认真地探讨过，为什么别的情侣总是吵个没完，我们却从来不吵呢。可两年后，她忽然就提出分手了。那天我连课都没上，跑到她学校去找她，最终也没能挽回。我痛苦得不得了，几个要好的朋友知道了，纷纷来安慰我，我跟他们说，也许是她母亲的病情加重了，她心里难受，才想着要和我分手。他们说那你就别难过了，可我怎么能不难过呢。我一遍遍跟他们讲她的事儿，越说越觉得她是个可爱的好女孩儿，说得我哭了好几次。那时我真是觉得活着没多大意思了。不料四个月后——那时她考上大学了，她主动联系了我，向我道歉，说真正不好的人是她。那晚我们抱在一起，我才知道她母亲已经过世了。她像个孩子似的，一遍遍哭着说，她要妈妈，她要妈妈。我不知道如何安慰她，只好不断说，还有我呢，别难过了，还有我呢。可我完全不知道对于她的痛苦，自己的存在有什么用。那一刻，我就完全原谅了她。

李麦没注意林红复杂的表情，完全沉浸于自己的讲述中。城市和天空交接的地方有一抹云彩，牛血似的，正渐渐暗淡下去，成为即将到来的夜色的一部分。李麦不知道该怎么继续他的叙述了。他扭头望着天边的那一抹云，反反复复舔着下牙内侧的小刺。

可最终她还是和我分手了，李麦说。在一起那么多年，我真是看到了一个城市的女孩子怎样慢慢长大，慢慢懂得物质的重要，不说内心，单看外表她的变化就挺大的，她开始打扮了，开始化妆了。我们那次和好后，原本以为再也不会分开了，不料她说分手的频率越来越高了。她甚至说，和感情相比，她宁愿接受物质。她就年轻这么几年，跟我在一起都被苦掉了。又说，如果我三十岁时有五十万再去找她。过上一阵，她又会说，她以前不懂事，现在彻底想明白了，她喜欢的是我的人，不是其他东西，只有感情才是真正重要的。但过不了多久，她又变回去了。我知道她在挣扎，那种挣扎很痛苦。但那时候我没有深切地体会到她的挣扎，只是人云亦云地觉得痴迷于物质是可耻的，现在我才觉得，那有什么好可耻的？物质多美好啊，我可以不喜欢，但不应该鄙视那些喜欢它的人……李麦痛苦地笑笑，脸上的表情扭曲得可怕。他对林红异样地瞟了一眼，又接着说，我现在真的已经理解她了，丝毫不恨她，丝毫不恨！

林红说，那后来呢？

李麦的喉结上下滑动着，许久，才说，后来？后来她就死了。

他转过脸凝视着林红，落日余晖打在他脸上，脸一半明一半暗，显得虚假而恐怖。那张脸努力挤出一个轻松的笑。

他说，你读过一篇很有名的微型小说吗，是一位台湾作家写的，写女友为他寄信，横穿马路时被车撞死了。"随着一声拔尖的刹车声，樱子的一生轻轻地飞了起来，缓缓地，飘落在湿冷的街面，好像一只夜晚的蝴蝶。"他陶醉地背诵出这段小说。他挑衅地盯着她的眼睛说，她也是这么死的，出车祸死的。

暮色在窗户上弱下去，屋里渐渐陷入黑暗，像是一艘船在缓慢地沉没。没人发出一声喊叫，只有死一般的寂静。在共同的坠落中，他们休戚与共。李麦下意识地往黑暗里移了移，窗户透进来的光亮全落在林红身上，他这才看到林红两眼泪光盈盈。

李麦心里动了一下，笨拙地站起，膝盖撞了椅子，像船撞开冰块。他从身后抱住林红。林红稍微反抗了一下，就不动了，身子颤抖着。他扳过她的脸，低下头去吻她。她的额头映着淡淡的暮色，目光温顺绝望得仿佛待宰杀的羔羊，而嘴唇冷得像一小片薄薄的冰块，在他的亲吻下迅速融化。

四

李麦真觉得赵南死了。几天前，他还为她的无情心生怨恨，忽然间，他就不恨了。所有的怨恨都随着赵南的死消解了，那种柔软的想哭的感觉再次盘绕在心头。真的像他那天对林红说的那样，他完全能理解她了。一个人喜欢物质的生活是应该被理解的，就像爱情难免要和肉体联系在一起。他禁不住想起赵南面对漂亮衣服、名牌化妆品时脸上露出的孩子一般纯洁的欣悦表情，他没有足够的钱满足她，他为此感到愧疚，又感到赵南的可怜。说到底，赵南的要求算什么呢，那实在再正常不过了。想起赵南丰腴的身体，想起做爱时赵南如何温柔地迎合他，他更加难过了。他从来没有如此深地理解她，爱她。可她已经死了。他感到心像一只被风鼓满的袋子，孤独地悬在半空。奇怪的是，他同时还有一种近乎欢乐的轻松情绪。

林红和赵南截然不同。林红朴素得不像这繁华城市的一份子，不喜欢打扮，对钱财缺少欲望，就连身体接触也表现得很冷淡。她时常软软地注视着他，眼神里有着一丝近乎母爱的怜悯，还有无限的爱意。那爱意似乎和情欲毫无关系。李麦和她在身体接触上至今没什么进展，不过像初中生早恋似的拉拉手，蜻蜓点水似的碰一碰嘴唇。林红陶醉其中，似乎以为男女之间就这么点儿事，奇怪的是，李麦也不再有其他要求。他在这简单的肉体接触中感受到一种从未有过的欢悦，那么明亮，干净，还有一点点心动。他们一起买菜，一起做饭，饭后相拥着，握着手，在宛若音乐一般舒缓的落日余晖里，有一搭没一搭地谈论文学。

李麦说，很多人认为陀思妥耶夫斯基阴郁，他们不知道，他有多么温柔。你记得《群魔》里的那个情节吗？那位穷困潦倒的大学生即将被人杀死前，离开他跟别人私奔的女友忽然回来，肚子里怀着那男人的孩子。他对女友没有抱怨一句，只是焦急地找人为女友接生，焦急地做着各种能够减轻女友痛苦的事。女人的脾气很不好，即便他那样关心她，对他仍旧颐指气使。孩子生下后，在他转身出门时，女友喊住了他。一直骂他的女友终于抱着他哭了。这之后陀思妥耶夫斯基才接上前面的叙述，讲他出门后怎样被人杀害。

李麦脸上有一种痛苦而又温柔的表情。林红痴迷地看着他。

李麦说，我读到这一段，感动得不行。陀思妥耶夫斯基写作时，肯定有一种近乎自虐的柔软的感情，他被世界伤害得那么深，可他仍旧那么温柔。

林红说，你怎么和我想的一样呢。我读过一篇关于陀思妥耶夫斯基的文章，说他写《卡拉马佐夫兄弟》时，整天把自己关在书房里，但孩子们可以把对他的要求写在小纸条上从门缝塞进去，等他一天的工作结束了，一定会满足孩子们的各种要求。只有温柔的、真正喜欢孩子的人才会这么做。《卡拉马佐夫兄弟》其实是一部关于孩子的书。

说到孩子，有那么一刻，他们眼里都浮现出迷醉的神情。

他们除了文学，很少谈及其他。那些表达爱恋的炽热字句说了几次后，也显得干巴了。他们之间有时会生长出大片的沉默。文学是填充这些沉默的最好内容。他和赵南在一起时，并没有文学这样精神性的话题可以交流，他们就是吃饭，逛街，做爱。不过他们总有无尽的话要说，即便沉默了，彼此之间也洋溢着温暖。回想起来，那沉默竟有些令人怦然心动！奇怪的是，他没法在和林红的沉默里找到这种感觉。他们之间的沉默有点儿枯燥，有点儿沉重。但他肯定他是爱林红的，在遇到赵南之前，他就希望找一个这样可以谈论文学，有精神交流的女友。他和赵南在一起时不还为赵南不喜欢文学遗憾过吗？

在一次稍微有些长的沉默过后，他和林红谈起陀思妥耶夫斯基的《白痴》。——那一瞬间，他心头闪过一个念头：这是唯一可以拯救他们的稻草绳，他必须牢牢抓住。

他说，你觉得娜斯塔霞·菲丽波夫娜是因为不想害梅诗金公爵才跟着罗果仁跑吗？罗果仁杀死她，像很多教科书里说的那样，是体现出资产阶级的残暴吗？

她略微皱起眉头，扭过头看着他。

他说，我觉得不是这样的，所有教科书都错了。

她探寻地盯着他的眼睛。他望着城市布景上的夕阳，好一会儿，对她笑了笑。

他说，娜斯塔霞·菲丽波夫娜喜欢梅诗金公爵，厌恶罗果仁，但一个没有足够生命能量的白痴承受不了她那样生命等级的人的喜欢，只有罗果仁的能量才能匹配得上。所以她一次次回到梅诗金公爵身边，又一次次投向罗果仁的怀抱。她一定做过剧烈的挣扎，也一定痛恨自己那样反复无常，可她没有办法。

她说，是这样？

她困惑地瞅着他，他眼中有异样的光。

他自顾自地说，罗果仁和娜斯塔霞·菲丽波夫娜有着许多非常像的地方，除了在生命能量上他们是均衡的，在性格上也很像。罗果仁到后来一定非常恨她，也一定非常恨自己。娜斯塔霞·菲丽波夫娜的反复无常一定伤透了他的心，但他仍旧非常爱她，带着仇恨地爱她。要想她再不离开，只有一个办法，那就是杀了她。

她紧紧捏住他的一只手，他脸上露出一个痉挛般的笑。

他说，她死后，罗果仁对她的爱一点儿没减少，反倒愈加强烈，正是这种强烈的爱把他弄疯了。他和死了也差不多。这样的感情总要以死为代价。多么肤浅的热情啊，完全出自生命本能，没有经过理性的审视，可也正是这样肤浅的热情最有力量。

她说，原来是这样。你怎么忽然说起这个？

他说，我对她的热情就是这样肤浅的热情。

他们沉默着。落日又红，又大，落日余晖填满他们之间的沉默。

李麦是那种通过说话思考的人。这次谈话之后，他忽然想到，赵南的反复无常和娜斯塔霞·菲丽波夫娜是多么相像，他面对赵南和林红时，和娜斯塔霞·菲丽波夫娜的位置也很相像。赵南是肉体的、物质的、感性的；林红几乎完全是精神性的。他想过，如果林红此刻消失了，他会不会难过。他努力去想象，似乎难过不起来。可一想到赵南的离开，疼痛便像夜色一样漫过他的身体。关于赵南的记忆是那么深刻，不单印刻在心里，也印刻在身体上，刺青一样难以消除。他也会像娜斯塔霞·菲丽波夫娜一样在精神和肉体之间辗转不定吗？不会，当然不会！对此他有充分的把握。林红才是那个真正能够让他内心安宁的人。两个多月来，他才真正感觉到和一个人心灵相通的幸福。这是赵南没给过他的。

林红迟疑着道，那么，如果她后来没出车祸，你也会杀她吗？

林红的问题如一道黑暗的光洞穿了李麦的内心。他使劲儿用舌尖舔着下牙内侧的小刺，那小刺如此巨大。他想象着一把利刃划过舌尖，舌头顺利地裂成两半，翻开的新肉血红丰厚，涌出的鲜血淋漓浓稠。

五

收到赵南的短信，李麦感到很意外。赵南问他能不能帮她开一份师院的实习报告。分手前他就答应过她，等她大三时帮她在师院找份实习。她那时很高兴地说，实习时就可以和他一起做事了。他握着手机，想起帮着她一起到大马路边去做饮品调查的事儿，心里不由得有些心疼。他恨她，又不由得希望她好。让她到师院象征性地做点儿事，然后盖个章，并不是什么难事。现在很多大学生的实习就这样，不会管你有没有做事，有公章就行。现在他却犹豫了。这些天来，他不断对自己催眠，赵南已经死了，已经死了。她死了和她离开了，后者要让他难过得多。他差不多已经相信，她确实是死了，但并未离开他。如何让他去接受她的死而复生，并接受她离开自己的事实？在悲哀的水面下已然平静的心，轻易就被一条短信打乱了。他真恨她，恨不得当面骂她，既然离开了，为什么还要出现？！可他心里分明溢满了欣喜。

刚好林红要到外地开会几天，李麦和她说，有个朋友想要师院的一份实习报告，得借她公章一用。林红把公章拿在手中，歪着脑袋瞅他。

林红说，盖章可以，不过你得老实交代，是个什么朋友，男的女的。

他笑笑，说出来你可别不高兴，不是普通朋友，还是女的。

林红嗔怪道，好呀，这才几天，就开始红杏出墙了。

他说逗你玩呢，是个学妹，你可不能这么小气。

林红哼了一下，说谁信呢，这年头最怕的就是学妹。林红把章递给他，他伸手接时，她顺势一摁，在他手心留下个鲜明的红印，说，给你盖个章，谁也抢不走。

林红走后，他一个人待在办公室，陡然感到一阵轻松。

近两个月来，他对林红的感觉既有欢欣，又有点儿不满足。他有几次试探着说起那件事，林红要么很激烈地反对，要么说结婚后才行，他也没多少欲望，就说一切尊重她，她直夸他是个好男人，这么一来，他更没欲望了。这不正是他一直以来追求的精神恋爱吗？他不是一直觉得肉欲和物质是很低级的东西，容易让人倦怠，只有精神才最持久吗？现在他还有什么不满足呢？他只好对自己说，不是肉体和精神的问题，是他的心态问题，调整一段时间就好了。可是，又要见到赵南了。他忽然莫名地有些担心。

在校门口见到赵南，他们淡淡地相视而笑，一句话没说。他走前面，她在后面隔开一步的距离。他们走过映着树影的道路，高大的悬铃木绿蓬蓬的，恍若巨大的绿色火苗。才四个多月，这些树已面目全非了。他略微慢下脚步，仰起脸望向树冠。她也停下来随着他的目光往上看。阳光和树影落在他们脸上，明暗交界处轻微地晃动着。

她说，看什么呢？

他说，你看那叶子绿得像火。

她轻轻地笑出了声。他们又看了一会儿，似乎从来没在手机里吵过，更说不上分手。走进四面光亮的电梯，李麦又有了那种感觉，他在一艘沉船里，不过沉船正缓缓浮出水面。赵南穿着淡蓝底白条纹紧身衬衫，深蓝色牛仔裙，脚上是一双纯白休闲鞋，看上去休闲随意，又有掩饰不住的青春生气。此时的情景有点儿像去开房，电梯停止处有一处私密的空间等着他们。那时候，李麦一定会从后面抱住她，把鼻子埋进她的头发，深深地嗅上一嗅。如今李麦什么也没做，他想着，一定要像过去那样，抱抱她，可眼看电梯的按钮一层一层亮上去，他颓然地垂着手，什么也没做。他们竟像完全陌生的人，隔着千里万里的距离。

整个上午，李麦都沉着脸，公事公办地给她介绍要做的事，她很认真地听着，偶尔问上一两句。他事先买好零食，放在她面前让她吃，她也没怎么动。他坐在她对面，脸色始终沉郁着，不停地用舌尖去舔下牙内侧的小刺，不时地长长叹一口气。总算挨到午饭时，他提议下楼吃饭，她说要不就吃那袋零食吧。他心里不知怎么疼了一下，坚持拉她到楼下附近餐馆吃。他一上来就点了焖茄子，那是她最爱吃的菜。可她淡淡地说，她不喜欢吃这菜了。他愣了一下，只好再点其他菜。她的胃口依然很好，好似所有的菜都美味可口。他不怎么吃得下，不停扭头看窗外。窗外阳光耀眼，炙烤着这座城市最有名的一条马路。他以为自己会落下泪来。他真想落下泪来，可眼睛始终干涩着。

他说，你们还好吗？

她说，好呀。

他说，你不是说你们吵架了？

她疑惑地看看他，没有呀。

他说，我从你博客里看出来了，你们一定吵架了。

她沉默了好一阵。我的事儿，你就不用这么关心了吧？

李麦扭头望向窗外，心想，那你怎么还让我帮你弄实习的事儿？不过没说出口。

吃完饭，李麦很大声地喊服务员买单。服务员拿了钱许久没来找补，他恼火地到柜台去质问领班。他从没如此愤怒，领班连声向他道歉，他才悻悻然转身出门。

回到办公室，李麦好似一下子得到了某种力量，他把椅子拖到她身边坐下。她不看他，埋头盯着要写的文件。他瞅着她的侧脸。那是多么熟悉的脸啊，上唇那颗淡淡的痣曾唤起他内心的一次次汹涌。

他说，我们还能像过去那样吗？

她埋着头不吱声。

他说，你回到我身边吧。

前一会儿还深感难以开口，这时候话一说开，就没什么好顾虑了。他想把手放在她肩上，她身子一扭硬生生避开了。他反倒愈加勇毅，伸手扳过她的肩头，把她拉向怀里。她反抗了几下，就不动了，任由他别扭地抱着。他以为她回心转意了。

他说，你以前不是问过我吗，说如果你哪天跟别人跑了，再回来我还会不会要你。那时候我说不会，现在我才发觉，会。我真离不开你，就当我们从没分开过。

她扭过头，坚决地说，不可能！

他说，怎么不可能？为什么就不可能？他算个什么东西？

她冷冷地说，你不要骂人好不好？

她往外挣着身子，他几乎恼怒了，使劲儿把她往回扳。她终究敌不过他，再次倒向他怀里。她两只手臂挡住脸，这动作提醒了他，他凑上去要吻她。她呜呜地低声拒绝着，躲闪着脑袋，手臂始终挡住嘴巴。他无计可施，停下来，抱住她，把头埋进她的头发，头发里有股淡淡的清香。一时间，他想起四年前第一次碰面时，她身上那股淡淡的乳香，那股乳香大概在他们见面三四次后就永远消失了。

他说我就想抱抱你。

她呜呜地说，你不是抱着了吗？

他说这样太别扭了，我要像以前那样面对面抱抱你。

她再次拒绝了他。

他没说什么，又静静地抱了她一会儿，把她放开了。他换了副口气，给她指点要做的事儿。她也恢复了公事公办的样子，认真地听着。他心里一动，迅速抱过她，吻了上去。她有点措手不及，竭力阻挡着，仍被他咬住了嘴唇。他把舌头伸进去，凉津津的。许久，感觉脸上热热的黏黏的，还有点儿痒。他放开她，她脸上挂着泪痕。她抱住头，趴在桌上小声地哭了。他心里纷乱如麻，从后面搂住她的腰，把头伏在她后背，愣怔着。她小声哭着，他感到狂躁的内心慢慢平静了，有着一丝酸楚。她慢慢止住了哭声，他放开她，又公事公办地向她说了一些要做的事儿，然后坐到对面去了。

这晚上李麦彻夜难眠。他一下子就明白了几个月来的犹疑。对他来说，肉体和物质的力量是远远超过精神的。他吻到赵南的一刹那，立即明白了这点。他长久地靠在椅子上，望着夕阳的余晖像血一样在玻璃窗上渐渐变冷，变暗。曾几何时，他还和林红相拥着眺望夕阳，他自以为沉浸在真正的充满精神性的幸福中，现在他才知道，他根本不配得到那种精神性的幸福。他不过像这世界上的绝大多数人，苍蝇似的追逐着肉欲和物质。他再也不可能那样和林红一起看落日了。他无力地闭上眼睛又睁开，既鄙视自己，又莫名地感到轻松和踏实。他很自然地就想起了分手前她说过的那些话，她说，如果哪天分手了，她就做他的性奴。她还说过，哪天他有钱了，她就把自己的身体卖给他。她说这些话时，纯洁的目光落在他脸上，令他浑身热血躁动。如今想起来，他几乎一瞬间就有了身体反应。她丰满莹白的身体浮现在眼前，还有，她面对漂亮衣服时的笑脸也浮现在眼前。这一切是那么生机勃勃，清早的微风一样吹尽他身上的暮气。

他使劲儿舔着下牙内侧的小刺，感到一股破坏的力量在体内滋长，不由得笑了一下。

六

第二天，赵南一进门，李麦就从后面把门关上了。赵南下意识地回头，看到他凶狠地盯着自己，后退了一步。他趁机抱住了她。她两只手往外拐，试图撑开他环抱的双手。你以前不是说要做我的性奴吗？你不是说希望我像个强奸犯一样对你吗？李麦凶狠地咬着"性奴""强奸犯"这些字眼，有一种破坏了什么的快感。她拼命低着头，身子往下溜，喃喃地说，我有男朋友的，他知道了会打你的。这孩子气的话让他陡然生出一股愤怒。那是个什么鸟男人？他算个什么东西？他嚷嚷着，抓住了她的下巴，要把她的头抬起来。赵南说，他很厉害的，你别惹他。李麦气急败坏了，我就惹他，我老婆都被他抢走了，凭什么我不能惹他！眼看赵南的脸被他扳过来，忽然，她蹲了下去，半跪在他面前。

李麦默默地把手放在赵南的头顶。

整个白天李麦换了个人似的，他不再像过去那样多少显得有些唯唯诺诺，他以一种玩世不恭又带着一些显摆的态度跟赵南谈论自己事业有成的朋友，谈论自己的工作，并攻击赵南的新男友。操！他说，我又不是不知道，他肯定是不够保送研究生的资格，所以才到宁夏去支教。赵南说，不要污蔑人家的理想，我就欣赏那样的人。他又骂道，操！别臭屁了，理想个屁，我又不是没经历过！赵南不再言语了，好一会儿，赵南说，真是士别三日当刮目相看，你怎么变得这么厉害了？他沉默了，许久，才说，我有什么好厉害的？外地人一个，教书匠而已。他忽然感到自己有些委顿。

这天赵南需要在电脑上做一些事，李麦转到她身后，却看到她在看自己的博客。她的这则日志李麦从未看过，应该是刚写不久的，里面有十来张照片，背景是一个江南小镇，有白天，有夜晚，人物则是两个：赵南和一个陌生的年轻男人。两人一律微笑着，多半是她的手搭在那年轻人的肩膀上。

李麦说，是他吗？

赵南说，前两天去西塘照的。

李麦站在赵南身后，静静地看着她移动鼠标，一张一张往下翻看照片。许多年后，他仍旧清晰地记得这一刻。那是什么感觉，他说不清楚，只记得自己完全僵住了，他转身慢慢走向自己的椅子，短暂的路程被他走得很漫长，他的躯体似乎一瞬间就衰老了，腐朽了。他瘫坐在椅子上，往后仰着脑袋，感到异常的委顿。

赵南走到他身后，什么事也没发生似的问他一些问题。他淡淡地回答了。他不止感到委顿了，简直感到自己可怜。他知道她看出他的难过了，她在可怜他。他几乎要落泪。他坐在椅子上转过身，抱住了她。这次她没反抗。她甚至用手抚摸了他的头顶，像懂得沧桑变幻的母亲。很久以前，他们确实玩过这么个游戏，她让他喊她小妈妈。她比他小，有时却显得比他年长。做爱时，他有时也会那么喊她，乱伦和罪恶的影子让他们愈加亢奋。有那么几秒钟，他真以为他们又回到过去了。他倏地站起，咬住了她的嘴唇。她刚刚表现出来的柔情转瞬即逝，立刻呜呜呜地低声喊着反抗。他的眼前又闪过她和男友亲密的样子……他们晚上一定睡在一起了。

他痛苦着，仇恨着，他也要让那男人痛苦。他紧紧抱着她往床边移。他潜意识里肯定是为这一刻做好准备了，要不昨晚在办公室睡过后不会不把床收起来。

李麦把赵南压在床上时，赵南的反抗已没太大作用了。他们以前曾经玩过类似的游戏，就是赵南装作不从，李麦强行跟她做。这一刻，李麦有些恍惚，他们似乎是重复这个游戏罢了。他想，她也会有这样的感觉吧。他撩起她的衣服，露出一大片莹白，还有肚脐边那个小手指大小的浅浅的胎记，他的心一动，手正要往下移动，被她抓住了。

她说，如果我不跟你做这个，你就不给我写实习证明吗？

他仿佛心头被浇了一盆冷水，所有的冲动瞬间消失得干干净净。他想，你怎么会问这样的问题呢，你怎么会想我会拿这个做交易。他犹豫了片刻，说出口的和想的迥然不同。他就是要让自己显得卑污，让自己像是在进行报复。他咬牙切齿地说，是！

他把她压在身下，脸对着脸，一时间看着对方的脸都感到了陌生。仅剩的一点点温情也荡然无存了。他身体里涌起一阵阵酸楚、疼痛，真想抱着她大哭一场，就像抱着往事的尸体。她冷冷地盯着他，一会儿，把头扭过去，看着窗外的落日。落日余晖水一样在办公室里流动，有着哀悼的气氛。他生怕她说行，那样他会鄙视她，会恶心得想吐；可又怕她说不行，他是多么想再拥有她一次！

她说，那我就不要实习证明了。

他又抱了她一会儿，把她放开了。他坐在床沿，静静地看她收拾东西。她临出门时，他告诉她，明天再来一次就行了，明天把实习证明给她。她说谢谢，然后带上门。

她一走，李麦又后悔了。他一条条给赵南发着短信，又说如果她不留下过夜，他是不会给她实习证明的。她对他这样反反复复的行为表现得很不屑，发过来的短信语带讥嘲。他痛苦着，恨不得打她几下。她说那就这样吧，我明天也不再过来了。他说好，短信刚发过去，他又后悔了。他焦躁地舔着下牙内侧的小刺，那小刺好像越来越尖利了，他忍不住伸手进去抠，直抠得泪流满面仍然对小刺无可奈何，手离开嘴巴的那刻，一大股臭味袭击了他。那是他自己嘴巴里的臭味，来自身体内部的腐朽的臭味。他干呕着，往嘴里冲了大量的水。临睡前，他想起她死了母亲，想起他们曾经相拥着感受痛苦，便又给她发了短信，说只要她明天过来，他就把实习证明给她。短信发出后，他又后悔了，但他捏紧拳头，颤抖着，把手机扔到一边。

他几乎一夜没睡，一大早就站在窗后看楼下的路。他不明白，他心里竟那样悸动着，仍旧跟几年前到校门口去等赵南一样。他怎么也没想到，赵南会和一个男人一起出现。他看不清那男人是不是照片上的，从他们的动作看，应该就是。他们在楼下面对面站着，看样子是要告别了，男人拍拍她的肩膀，又捏捏她的脸，赵南朝他倾过去，和他碰了碰额头。那是他和她最常做的一个动作。李麦两手啪啪敲打着玻璃，恨不得将玻璃敲碎。

他发短信过去，让你身边那个狗男人离开。

他看到赵南打开手机，和男人说了什么，两人一起朝上看，他迅速躲开了。他迟迟没等来她的回复，再朝下看时，两人都从楼下消失了。好久，才收到她的短信，说他生气离开了，她也只好走了，实习证明不要了，让他撕掉。他告诉她，早撕了。

七

李麦又和赵南在短信里吵上了。他又是那样，带着炫耀、不屑一顾和玩世不恭的腔调。赵南让他再去找一个，别老纠缠过去了。又说，难道他找不到不成？他自然是气愤，想到林红，忽就撒了个谎。说真的，他说，我不是没有女人，我有个情人，就是你们学校的老师。他隐隐有这么个想法，你不是觉得你男朋友很厉害吗？那我找的女人自然要比他厉害。同时，他也是要气气她，让她难过，让她生气。从她的回复却看不出难过的痕迹，她像个孩子似的，说哇，这消息太劲爆了，快跟我说说，是什么专业的老师？我们学校好像没有这样的老师呀。他以为她识破了，回复道，她比我大，已经结婚了。说出来你也不认识，不是你们专业的。她很快回复了三排感叹号，他还没来得及回复，她又回复道，真是士别三日当刮目相看，没想到你这么厉害。他有那么一丝丝得意，更多的是心酸：赵南竟然丝毫不生气。他有种破坏一切的冲动，他说，那有什么，男女之间还不是那么回事，什么感情，什么永远，全是瞎扯淡，不过就是彼此满足肉体需要罢了。在床上分开了，什么都说不上了。她已经结婚了，我们就做爱而已。他这么说是对她的冷嘲热讽，也是让自己变得卑污，他就是要让自己卑污到底。赵南回复说，那是你的看法，我和他是真心相爱。他真是恼恨得想要杀人，难道我和你就不是真心相爱？！你现在不也照样跟别人了！不过他没这么说，那样就太酸溜溜了。他看透一切似的回复道，那不过是你一厢情愿罢了，你不了解男人，男人也就跟你上床那会儿真心相爱。我和她也就上床而已。他句句说的是自己，指向的却是她。她回说，她也不会为了你离婚吧？他很不屑地回复道，我才不会傻到要跟她结婚。新鲜感也就那么几个月吧，厌倦了就再换。我可不愿意再来个六年。她不再回复了。他攥着手机，发疯一样在办公室里踱步。

他投降似的扑在宽大的窗玻璃上，脸贴近玻璃，瞅着城市的夜色。那么多灯光后面该有多少故事？只是没有一个故事是属于他的。林红发来短信，说她在想他，他在做什么。他看了一眼懒懒地没有回答。和林红的精神之恋再也无法安慰他。这一刻，他全部的需要只是一个女人，随便一个女人，他要和她动物似的交媾，没有任何精神可言，没有任何感情可言。需要的只是身体对身体，物质对物质，空白对空白。他从来没这么想要堕落，想要犯罪，可他连堕落和犯罪的路都找不到！

兴许是林红的短信给了他某种提示，玻璃窗映出高大的书架，他转身从上面抽出了陀思妥耶夫斯基的《白痴》。林红说，那么，如果她后来没出车祸，你也会杀她吗？他握紧拳头，问自己，你会杀死她吗？你会杀死她吗！他啪啪地拍着书，兴奋起来了。他知道要做什么了，要想彻底解决问题，只有这么一个办法：杀掉赵南，杀掉赵南身边的那个狗男人！他的脑中一片空白，战栗着翻到《白痴》的最后几页，那几页他不知道读过多少遍，许多句子下面画了浓黑的横线。他大声地读出罗果仁带梅诗金公爵去看娜斯塔霞·菲丽波夫娜的尸体那一段。他陶醉在残忍的快感中，读到一只苍蝇在娜斯塔霞脚边飞旋时，他亢奋得挥舞起拳头。他要杀死他们！杀死他们！

他给她发了条短信，说其实实习证明没撕掉，让她明早来拿，他保证不会为难她。然后，他着手做其他准备。最重要的是工具问题，得找个适手的工具。刀子、榔头、铁管，这些东西都能到五金店弄到，但这些东西明显不适合。他自然想让那男人见血，可不愿让赵南的身体受到一点儿损害。他怎么舍得让她流血呢？他心里软了一下，又笑了一下，他不会损伤她的身体。那是多么完美的身体呵！曾经属于他一个人，曾经给他带来无限欢乐，并给他带来一生的回忆和痛苦！最好的工具是一条白丝绢，只会在赵南温柔的脖颈上留下一条好看的淡紫色血痕，就如同戴着一串耀眼的珊瑚珠项链。他想象着，他把她骗到旅馆，和她做爱后，用丝绢缠住她的脖子，勒紧，勒紧，然后她的漂亮的眼睛就会鼓突出来，困惑地瞅着自己，她灵巧的舌头也会伸出来，似乎还要再来一次热吻。——啊！他短促地喊了一声，回头看看身后，恍惚有个人立着。他浑身冒出一层冷汗。然后呢？是不是该逃跑了？该往什么地方跑？还跑得掉吗？他再也跑不掉了！一辈子也跑不掉了！她会一辈子跟着他，无论什么时候，都会困惑地瞅着自己，伸出舌头来期待着他的吻。

他慌忙合上《白痴》。他真正明白了罗果仁发疯的原因。把《白痴》塞回书架时，又看到了《罪与罚》。他抽出来，哗啦啦翻着。大学生拉斯柯尔尼科夫有索尼娅，他有谁呢？他把手放在《罪与罚》的封面上，那上面是陀思妥耶夫斯基的半身像，老陀深邃的目光落在他脸上。他顿悟似的，抓过手机，想要给林红回短信，这时才发觉手颤抖着打不了字了。

第二天一早到学校门口的邮局将赵南的实习证明挂号寄出时，他的手仍旧颤抖着，或许是拍桌子太用力的缘故。他颤颤巍巍的，费了好大劲儿才将信口封好，邮局的女工作人员困惑地看他一眼，他很羞赧地红了脸。

李麦推开邮局的门，一大蓬热浪便扑向他，他脚步趔趄，差点儿被压倒。他想象着自己瘦削的身子如同预示着秋天的那一片树叶缓缓飘起，又扑倒在地，然后是大片的尖叫声，脚步声，议论声，然后是大片的死寂。又或者，根本就什么声音也没有，一上来就是大片的死寂。血以缓慢得让人失去耐心、让人发疯的速度从身体里流出。太阳耀眼，切割着视线。这一切都没发生，他举起手遮挡灼热的阳光，透过手指缝瞄了一眼太阳，眼角就涌出了泪水。他有多久没看过太阳了？只记得小时候在农村，他总是不顾大人的警告，躲在树丛后，或躺在小麦地里看太阳。他微微地眩晕，低下头，只见满地的黑暗。手机响了一下，他心头一酸，打开来，不是赵南的短信，是林红的，林红向他报告行踪，说这会儿正在车上，路边有大片麦田，没有一个人，有鸟贴着麦田飞，麦田和鸟都闪着光。说看着麦田就想到了他，想跟他一起回家去，男耕女织，终老一生。

他是那么虚弱，以至于从邮局到住处走了近一个小时。他有意不打车而选择步行，浑身汗水让他像冲了个热水澡。他感到莫名地欢欣，仿佛那些汗让他变得洁净了。不过这还不够，今天黄昏时林红就要回来了，他得让自己变得更洁净一些才是。他要彻底解决问题，解决自己的问题。既然他是个懦弱的人，杀不了人，还有什么办法解决呢？他使劲儿舔着下牙内侧的小刺，小刺像一片荆棘挡住了他思考的道路。路过五金店时，他买了一把尖嘴钳，回到住处后，他再次对着镜子搜寻小刺，先是用右手食指抠，指甲抠得发白了，撕裂了，小刺仍旧嵌在里面。他不得不动用尖嘴钳了。一个小时后，他拔掉了小刺旁边的两颗牙齿。一部分血顺着嘴角流下，沾了他的手，沾了尖嘴钳，沾了镜子，他看到自己的脸满是血迹。他用舌头舔着空空荡荡的门牙，小刺终于荡然无存了，他浑身轻松，满意地笑了。他笑的时候，一股甜腥的血趁机滑进了喉管。

　　黄昏时分，火车站出口处，来来往往的旅客看到一个奇怪的男人。男人面朝出口处站立，脸色虚弱。他咧嘴笑着，那嘴缺两颗门牙，看上去黑洞洞的。

2009 年 7 月

五陵少年

爷爷说，他一出生就待在奔驰的马上，他的一生注定了要走在路上，如果不能走，他就完了。

一

七十年前，秋日深夜，爷爷犹如戏子登台，身穿新郎的大红锦袍走在路上。

月亮默默地伏在小镇的屋檐上，东方的山脉一片乌暗。黑夜气势汹汹，一场大雾笼罩着柳浪镇。爷爷沉默地穿行于大雾之中，手执锋利的刀子，怀揣十六岁的仇恨。复仇也是一种梦想，梦想微弱的灯火只照亮了眼前半米的距离，但爷爷不怕，爷爷走在路上，满脸凝重而又兴奋的表情。

如今，爷爷对哑巴说起这件事，脸上的表情依然未变。哑巴看得出他眼神里新增的黯然，暗自叹息时光的消逝。爷爷今年八十六岁，八十六年的时光沉入他刀斫斧砍的皱纹，八十六年的时光漂白了他一头茂盛的青丝。但爷爷还很有劲儿，说话时喜欢把九根手指的关节捏得嘎巴嘎巴响。爷爷一只脚高高地跨在椅子上，另一只脚支着地，神经质地抖动。爷爷声若洪钟地说，孙子，你爷爷十六岁就娶了老婆，如果不是你曾爷爷指盼你爷爷多念几年圣贤书，你爷爷十四岁就娶老婆了，十六岁的时候都该抱儿子了。

爷爷十六岁那年，曾爷爷看爷爷不是读书的料，也拗不过曾奶奶抱孙子的热切企盼，终于给爷爷在十多里外的村寨定下了一门亲事。女方家同样是做药材生意的，却因地处深山，各方面都不如曾爷爷家煊赫。

曾爷爷十四岁的时候就没了爹娘，在社会上摸爬滚打，穿百衲衣，食百家粮，而立之年，终于在小镇上闯出了一片天地，一爿药店盘踞在小镇的街上如龙如虎药香四溢，本镇本街的居民，五湖四海的过客，见了都不由得要竖起大拇指，方家的儿子行！曾爷爷的大号叫方镇东，这名字听上去就响当当的。可惜曾爷爷不识字，曾爷爷聪敏过人，记账从无差错，然而曾爷爷不识字。不识字可以有钱，不识字却很难有权。因而这成了曾爷爷心头的一块病，爷爷出世的那天，曾爷爷就在心里埋下了一个愿望：得让爷爷读书。

过去镇上有些人半是戏谑半是认真地说，爷爷刚生下来的时候，浑身长了黑森森的长毛，长毛跟玉米缨子一样披下来，遮住了爷爷炭火烧红般的皮肤。更有人传说，爷爷一出生就从马上蹦了下来，鬼魅一般站立在地上，劈开双手双脚，挡在曾爷爷面前，把曾爷爷胯下的白马吓得竖起了前蹄。哑巴想问爷爷，这些是不是真的，但他没法开口，也就一直不知道这些是不是真的。

哑巴私下里想，这些肯定都不会是真的，但有一点肯定不会是假的：爷爷出生在马上。他愿意按照爷爷的叙述方式去胡思乱想——

那天，曾爷爷一时兴起，跨上家里那匹健步如飞的白马奔出小镇后又趱了回来，一把揽过站在台阶上的曾奶奶，穿得一身素净的曾奶奶如一朵轻飘的云，忽地就安坐在了曾爷爷的怀里。其时曾奶奶已经怀孕九个月。曾奶奶依偎在曾爷爷怀里，温顺如羊羔，肚子显赫地高高凸起。哑巴的家族许多代以来都是一脉单传，怀孕生小孩成了家族里比天还大的喜事。曾爷爷看着妻子高高隆起的肚子眉开眼笑，嘬口一声啸，白马便腾开四蹄，撒欢般奔进天上地下，如腾云，如驾雾，势如电闪雷鸣，状如风起浪涌，尽管如此，又平稳如一艘巨型艨艟。曾奶奶却不习惯如此阵势，脸色惨白，手心渗汗，娇喘吁吁，觳觫着紧紧依偎着丈夫。如果仅仅这样还不会有什么事，可恨的是半路里猛然蹿出了一条蜡黄狼犬，匆匆跑过时还对白马龇牙咧嘴。白马正跑得心无所碍形无所累，忽地受了惊吓，顿时腾空了前蹄。待前蹄猛地落地，曾奶奶腹中一阵绞痛，爷爷就顺势出来了。曾爷爷一眼就认出了那是镇长家的狼犬，心里一发狠，恨不得勒马上前，举马蹄将其踩死。正寻思，身上却感到了一股温热。曾爷爷下意识地一伸手，接住了几乎掉到马下的爷爷。心中顿时又惊又喜，刚刚的愤恨早已抛诸天外。

所幸的是曾奶奶和爷爷都没事。回家调养一个月后，爷爷已经哭吼得如山般响亮了，曾奶奶也已养得脸如桃花眉如柳。虽然妻子儿子安好，但那匹陪伴曾爷爷多年的白马竟因此一惊溘然长逝。曾爷爷对镇长记下了仇，那天他分明看到镇长在一旁唆使狼犬奔到自己马前，曾爷爷暗暗盘算着，等自己的实力再强些，一定得出出这口气。

曾爷爷给爷爷说的这门亲事可以说是早就盘算好的。刘家虽然家业不是特别旺，但靠山硬。刘家有个表亲，远近百里给送了个诨名，叫作黑八，是一条响当当的绿林好汉，麾下有几百名抹脖子的兄弟，劫富不劫穷，吃的是硬邦邦的刀头饭。虽说正儿八百的老百姓不可与强人沾染，可那样的世道，强人还有义气可言，官家却朝令夕改，没个准。所以许多大户人家，都暗暗与山上的贼窝子有些瓜葛。黑道白道，没有一道都不行。

刘家的姑娘在家里排行老三，年纪最小，打了春刚刚十四岁。这样好，这样好，曾爷爷摸了摸坚硬如铁的髭须说，年纪小些嫁过来容易贴心。曾奶奶听说刘家三姑娘形容俏丽，又懂得孝敬父母，心里也是万般欢喜。爷爷却不乐意了，喊天喊地，说，不愿意，不愿意，千万个不愿意。曾奶奶好心安慰儿子，儿子啊，那丫头有什么好，值得你为她这样，她家一无财二无势，你娶她做什么，难不成娶个老婆回家坐吃山空？再说了，那丫头在镇上出了名的调皮，连她父母都拿她没辙，娶了她回来，这家还是你的吗？这家还容得下你爹妈吗？你看看三姑娘……什么三姑娘四姑娘，我不娶，要娶你们自己娶。爷爷不待曾奶奶说完就狂吼道。曾爷爷却没这个耐心，不娶？他以为他是谁？这份家当哪一块砖头是他挣下的？他还想娶个黑驴子回来败了这份家当不成？曾爷爷警告曾奶奶，不准再跟爷爷提什么丫头丫头的，刘家三姑娘是娶定了。爷爷只是一声不吭地闷头吃饭，吃完饭抹抹屁股就离开家。曾爷爷也不管，他不会逃，我就不信他舍得这份家业。爷爷果然没逃，爷爷在外撒野撒够了，还是乖乖地回家吃饭。

迎亲那天，爷爷不见了。新娘的轿子已经颠颠颤颤地出现在小镇外，唢呐也吹得呜呜咽咽，而爷爷不见了。曾爷爷黑着一张脸，坐在椅子上一句话不说。曾奶奶却急得如热锅上的蚂蚁，这还了得这还了得，一面喃喃自语，一面吩咐家仆四处搜索，找到爷爷的重重有赏。唢呐声越来越近了，那声音哭丧似的，听得曾奶奶心里发毛。如果待会儿找不到爷爷，那这次真是偷鸡不成蚀把米了，刘家岂是好惹的？那黑八岂是好惹的？闺女出嫁的当天就受丈夫的冷遇谁也不会答应。现在曾奶奶恨不得爷爷娶的不是刘家三姑娘，而是镇上的丫头。曾奶奶等着派往丫头家的仆人回消息，满是焦灼，额头上不觉渗出了细密的汗珠。曾奶奶掏了掏手巾，想背过脸擦一擦汗，那手绢却怎么也拽不出来，于是想转过身避开人看看怎么回事，一转身却看见了静静立着的派往丫头家的仆人，怎样？少爷呢？曾奶奶顾不上掏手绢，急急问道。仆人小心翼翼地望了曾奶奶一眼，丫头正在吃饭，她父母也在，他们全家人都在吃饭。吃饭，吃饭，我没问你谁吃饭，我问你少爷呢？柳质桃香的曾奶奶竟然大声大气打断了仆人的话。少爷不在，丫头一家都说三天没见到少爷了。仆人垂下头嗫嚅道。曾奶奶倏地抽出了手绢，擦了擦汗，又把手绢捏在手心里当作扇子扇，手绢快速的扇动像是一只大白蝴蝶垂死的扑腾。秋天的空气热得让人发疯。

没想到新娘前脚进门，爷爷后脚也跟着进了门。爷爷对曾奶奶说我到镇外接新娘子去了。曾奶奶虽一眼就看出爷爷对她撒谎，却也不点破，只要爷爷回来，拜了堂，成了亲，什么话都好说。接下来的一切都很顺利，拜堂，入洞房，一切都跟所有结婚仪式一样按部就班地进行。曾奶奶看着眼前穿金戴银的一对新人忍不住满颊飞红，曾爷爷也禁不住有些醺醺然。唯一有些不一般的是新娘在进洞房的时候顺势拉住了曾奶奶的手，隔着红盖头羞羞怯怯地喊了声妈，然后小声说，妈能不能别让人闹洞房，媳妇不大喜欢吵闹。嗓音颗颗粒粒清脆无比。曾奶奶一听心中欢喜，她就是喜欢儿媳妇文文静静的，那猴崽子似的丫头让她想想就心烦。曾奶奶不跟曾爷爷商量就答应了，曾奶奶疼惜地握了握媳妇白嫩的小手，闺女放心，我说不让进，别人就是吃了熊心豹子胆也不敢进。后来曾奶奶都纳闷，自己从来不是个有决断力的人，一向胆小怕事，凡事都得依赖丈夫，那天怎么突然雷厉风行了？曾奶奶这么一想就后悔不已，内心里一阵一阵疼痛。如果那天她跟平日一样，凡事听从曾爷爷的，也听从曾爷爷让人闹洞房的提议，或许那天就不会上演那样一场悲剧了。

——这些不着边际的想象，总让哑巴热血沸腾又空虚烦恼。

哑巴没法开口问爷爷，真实的发生过程是怎样的。

二

爷爷噼噼啪啪捏完九根手指，想从头再来捏第二遍，那手指却不再响了。爷爷明显有些失望，爷爷拍着大腿，说，孙子，若不是出了那样的事，你爷爷说不定也会跟三姑娘生一大堆娃娃，也就不会在那样的情形下生出你爸爸，那你爸爸就不是你爸爸，你也就不是你了。你不是你，那你就不会哑了。爷爷说完，用两只牛一样的眼睛瞪着哑巴。哑巴知道，他是想确认哑巴听懂了他的话。哑巴当然听懂了，他虽然哑，但并不蠢，他对家族里的每一个人洞若观火，清楚他们的痛苦和欢乐就如清楚自己的掌纹。而他们总是毫无根据地以为一个人哑巴了，无疑也是个傻子。哑巴仰起头，盯着爷爷的眼睛，看到了爷爷眼睛里一脸傻气的自己。他对着爷爷眼睛里的自己点了点头，笑了笑。

爷爷看到哑巴的反应很高兴，爷爷一高兴又捏自己的手指，可那九根手指仍固执地沉默着。哑巴想，此时爷爷一定很希望自己右手的那根小指还健在，那样他又可以多捏一下了，又可以多听到一声响——啪！爷爷听不到手指响，只好再次拍自己的大腿，噗噗噗，不过那样的话，你也就跟你那个混蛋哥哥或者那个笨蛋姐姐一样，成天撒腿往外奔了，那你爷爷的故事就失传啦。

哑巴的爸爸妈妈结婚后一年就生下了哑巴的哥哥，当时计划生育政策还没有推行开，过了三年，妈妈再接再厉，又怀上了。家族世代单传的历史似乎给打破了。爸爸高兴得合不拢嘴。妈妈的肚子一点都不显山露水，五六个月了还波平如镜，结果一生却是一双。半夜三点，生下了一个女孩，这就是跟哑巴在妈妈的肚子里挤了十个月的姐姐，姐姐脸若桃花，爷爷一看就说将来长大了必然跟曾奶奶一样招人眼。爸爸却有些不高兴，心想为什么不给自己生个儿子？如今虽然生了两个，女大不中留，留也留不住，女儿注定了是别人家的，自己归根结底还是只落了一个，哑巴的家族仍然是一脉单传。妈妈睨视了爸爸紫茄子般的脸一眼，就一针见血地说，种瓜得瓜种豆得豆，得瓜得豆要看种的是什么，怎么怪起地来了？你在地上种了豆，还指望着得瓜不成？天下哪有这样的好事！爸爸听了很不受用，却又不知该说什么反驳，嘴里只好不满意地嘟嘟囔囔。妈妈却不依不饶，怎么怎么，你还不高兴了，我辛辛苦苦熬了十个月，挺着个大肚子服侍你们一家老小，送茶送水，端屎端尿，如今你倒不高兴了，翻脸不认人了。妈妈说得过火了，家里又没病人，她根本没做过那些事，可她在气头上，说起来一板一眼，跟真的一样。爷爷本想说什么，看看床上睡着的姐姐，一句话不说，撇下爸爸妈妈出去了。爷爷一出去，妈妈就哭了起来，抽抽噎噎地，受够了，受够了，我受够了。说着作势要跨下床。爸爸一看连忙把妈妈按在床上，而妈妈不顾刚刚生产的疼痛，硬要翻起。就在这个疙瘩解不开的时候，哑巴出来了。爸爸妈妈在外面的话哑巴也听够了，所以就出来了。哑巴出来的时候，妈妈和爸爸都吓得惊叫了一声，他们显然没想到还会有一个。这一声把爷爷又招了进来。爷爷刚进门就看见了哑巴，哑巴也看见了爷爷。哑巴对爷爷笑了笑，爷爷也对哑巴笑了笑。

很长时间，哑巴只对爷爷一个人笑。从出生到现在，十六年来，哑巴总是静静地坐着或者躺着，不想挪动一下也不想说一句话。哑巴想，村里人甚至以为哑巴不但不会说话还不会走路。真好笑，他们都被自己愚弄了。总有一天，哑巴会像那只山中老鸟一样，开口歌唱，健步如飞。在那之前，还要在他们面前扮演一个哑巴。

爷爷想了想叹了口气，不过给你讲了也是白讲，爷爷不知道你有没有听懂，你听懂了也只是听懂了，也没法给别人讲。现在跟爷爷同辈的人都死绝了，没人相信爷爷的话了，人人都以为爷爷在吹牛，只有你不这样认为，对吧？

哑巴又对爷爷笑了笑。哑巴忽然看见爷爷的眼窝子里涌起了一大滴黄浊的泪，把他的笑包裹在其中，让他难于呼吸。

爷爷见哑巴看见他哭，很不好意思地站起，背着哑巴抹了一把脸，转过身来嬉皮笑脸地说，你是个哑巴，什么都不懂。说完大踏步离开了。

又剩下哑巴一个人坐在院子里，春天的阳光照在他身上，暖融融的。愣头愣脑的蚂蚁成群结队地从他身边经过，绕开他屁股下的蒲团，绕开爷爷刚刚坐过的那把椅子，雄赳赳气昂昂地向远方挺进。

哑巴望着宇宙里这群徒劳的蚂蚁，歪头咀嚼爷爷离开时说的那句话。爷爷说孙子你什么都不懂。姐姐也对哑巴说过这样的话，只比哑巴长三个多小时的姐姐说小弟你什么都不懂。起初哑巴在这个家庭里只受爷爷一个人的宠爱，哑巴的身边只有爷爷一个人。从两年前开始，姐姐也时常到他身边来，对他说一大堆事，里面夹杂着一个，或者两个，有时候还要多一些的男人的名字，姐姐的叙述总是感情过于丰富而故事支离破碎。姐姐说的那些事又是哑巴全然没有经验的，所以，虽然哑巴自认聪明，总还需思考半天才抓得住要领。而就在哑巴已经理解了的时候，姐姐说小弟你什么也不懂。

说实话，有很长一段时间里，这一点很让哑巴泄气。不过久而久之也习惯了，就像爷爷习惯了没人相信一样，哑巴也习惯了被人当作傻瓜。他原谅了姐姐，甚至在听她讲故事的时候，碰上他心情好，他也会对她笑一笑。

姐姐刚刚十四岁的时候，对哑巴说她要嫁给一个人，她要跟那人走。哑巴想，从这方面来说，姐姐真的跟三姑娘很相似。三姑娘十四岁嫁给了爷爷，姐姐十四岁想要嫁给一个人。三姑娘没有嫁成，所以哑巴想，姐姐也不会嫁成。但姐姐并不知道哑巴的所思所想。姐姐满脸兴奋而诡秘的神色。

姐姐是在一个没有月亮的夜里离开家的，姐姐轻手轻脚地撑开了窗户，往黑黢黢的夜里低低地喊了一声。喊声如石，沉入夜的深潭。许久，浓重的夜里传来了一声回音，犹如石头惊起的一层涟漪，只有姐姐能感知得到。姐姐兴奋得双颊灼红，一只脚跨出了窗子，另一只脚也跨了出去，两只手撑住窗台，两只脚沿着墙壁向下试探，脚才伸到一半，就被一双手深情款款地握住了。姐姐低低地惊呼一声，翻身软在了那人的怀里。嘴唇如盛开的花朵，急急寻找着阳光的温度。黑夜里，两片嘴唇不顾一切地粘在了一起。

带了吗？那人冷静下来后问姐姐。

带了。姐姐肯定道。

多少？那人接着问。

三千。姐姐说。

怎么这么少？那人没控制住自己的情绪。

我已经把爸妈藏着的都拿来了，冒了好大的险。姐姐近乎撒娇地说。姐姐说着把整个身子都倚在那人身上。那人也不好再说什么，不冷不热地抱了抱姐姐，我们走吧，得赶紧。

第二天一早，家里热闹极了。妈妈又是骂又是扔东西，喃喃自语，完了完了，这个家完了，现在是人财两空，这个家完了，你们把这个家败完了。爸爸忽然喊了一声，够了，要不是你天天娇纵着她，她能这样？这个家就算败了，也是你败的。妈妈听了爸爸的话，颓然坐到地上，两只眼睛呆愣愣地看着水泥地板，好一会儿，倏地站起，发了疯似的撕扯爸爸的头发，我让你撇清，我让你撇清。爸爸针锋相对，撕打中举起手扇了妈妈几个耳光。

在哑巴的印象中，这是爸爸第一次打妈妈。妈妈被打得异常清醒，异常疯狂。妈妈力大无比，像一头壮硕的公牛，把爸爸挤到了墙旮旯。这日子没法过了，这日子没法过了。妈妈一面哭一面喊，爸爸的气焰在妈妈的哭喊声中渐渐黯淡下去，人也渐渐瘫软了下去。

站在门口的哥哥脸色苍白，无论发生什么或不发生什么，哥哥的脸色总是苍白得像一张白纸。哥哥的嘴角挂着一丝不易觉察的笑。哥哥跟这个家里的任何一个人都很疏离。哑巴知道，哥哥跟姐姐一样，日思夜念的都是离开这个家，离开这个家，离得越远越好。姐姐靠的是别人，哥哥靠的是高考。谁曾想哥哥竟然没考上。哥哥一向心高气傲，他不愿复读，不愿再面对昔日的老师，不愿同学知道自己有过失败的经历。但他确实失败了。哥哥把自己藏在家里，不见太阳，脸色苍白。

哥哥摇了摇头，在心里对自己说这个家不能再待下去了，一天也不能待下去了，但哑巴知道哥哥没别的地方可去。哥哥对自己摇了摇头又回到阁楼上去了，那是他的空中楼阁。

——那天，哑巴没看见爷爷。

哑巴张开空洞洞的嘴巴。

三

爷爷急匆匆地行走在路上，怀揣杀猪刀，仇恨涨得他醉酒的脸颊更加红了。街上一个人也没有，无论有没有人，爷爷都要去做一件事：杀了镇长赵汝阳的儿子赵承德。无论他在哪儿，爷爷都要把他揪出来，然后像杀猪一样把他杀掉。

爷爷拐了几条街，一眼就瞅见了楼上女人灯火通明的房间。爷爷甚至望见了蜡烛的火光映在窗户上的两个人影，一男一女两个人影隔着一张桌子坐着，男人的影子放肆夸张，一双黑乎乎的手影伸向女人的影子，女人的影子弯了下来，忙不迭地向后一闪。男人的影子腾地高起，越过桌子，压向女人的影子，女人的影子连连躲闪，却已经被男人的影子抓住了双肩。女人的影子不再躲闪了，女人的影子笑得弯下了腰。两个影子避开桌子，两个影子融合成了一个影子。爷爷像看皮影戏一样看完了这场戏，认出了那个女人的影子后面藏着的女人和那个男人的影子后面藏着的男人。爷爷摸出怀里的刀子，蹑手蹑脚上了楼梯，三步两步窜到房间外，贴着门缝，觑见了屋里的情景。屋子当中的那张桌子上摆了几碟小菜，一个青瓷酒瓶。两个青瓷酒杯倒了一个，淋淋漓漓泼洒在粉红的桌面上，撒到酒的地方显得鲜艳夺目。空气凝固了似的。爷爷听见了一个男人杀猪般的喘息，还有一个女人温软的娇喘。男人的喘息压住了女人的喘息，女人的喘息拖长了，穿过窄窄的门缝渗透出来。爷爷血脉偾张，握紧了手中的刀子，摇曳的烛光，映照得刀柄血红血红。爷爷轻轻地竖起刀柄插进门缝格开了门栓，轻轻推开门。

呈现在爷爷眼前的是两具白生生的肉体。爷爷捂住了男人的嘴巴，一刀给男人捅了个透心凉。男人挣扎了一下，闷哼一声，白生生的肉体僵住了。爷爷下意识地看了女人的脸蛋一眼，女人闭着眼，小嘴微张，喘息不止，全然陶醉在自己的世界中，对身上发生的一切毫无知觉。爷爷拔出刀子，一股血挟着刺鼻的灼热和腥臊冲决而出，在男人白惨惨的脊背上形成一个小小的喷泉。喷泉分开一支支溪流，溪流迅速染红了所经过的雪白的原野。失去了生气的原野沉沉地压在女人身上。女人仍然毫无知觉。爷爷有些同情地又望了女人的脸一眼。这最后的一眼差点令爷爷不得脱身。

女人的那张脸忽然让爷爷再次想起自己的新娘。

爷爷拜过堂后，在客厅里陪客人喝酒。许多年后爷爷回忆往事时，仍然认定那天晚上是他一生中酒量最好的时候。爷爷起初用小酒杯喝，一杯一杯，全如雨滴落在了焦渴的沙漠里，转瞬间没了踪影。爷爷喝了二三十杯，仍是杯水车薪，灭不了心里的火。心里像是有千万只小手在挠，惶惶不安的，无从着落的。爷爷越喝越清醒，爷爷越喝心里越难受，爷爷想让自己糊涂，一糊涂就过去了。爷爷又记起了大前天那姑娘对自己说的话，她绷紧一张黑而俊俏的小脸，说，方隽铭，你记着，我绝对不做什么人的小老婆，无论那人是谁。姑娘说，方隽铭，你回去娶你的老婆吧，你回去抱你的金山银山吧，就当我从不认识你这个人。姑娘说，从今往后，我们井水不犯河水，你走你的阳关道，我过我的独木桥。爷爷结婚的那天，脑海里翻腾着的全是从小一起玩到大的姑娘，而不是新娘。爷爷从未见过新娘。爷爷想多喝几杯，多喝几杯一糊涂就过去了，人这辈子也不过如此，一糊涂就过去了。十六岁的爷爷虎背熊腰，十六岁的爷爷如雨后的草木茁壮成长，十六岁的爷爷忽然看透了人世似的对自己说，人这一辈子一糊涂就过去了。可是爷爷没办法让自己糊涂，连让自己糊涂都无能为力，心底便不由得悲凉起来。

爷爷一转手换了大海碗。直着喉咙一碗一碗往下灌，咕咚咕咚，清冽如火的酒跌入万丈深渊，粉身碎骨，万劫不复。爷爷不知道又喝了多少碗，浑身酒香，通体透亮，就是不醉。爷爷步履稳健地在客人中穿行，恰似一朵酒香浓郁的云。最后，客人们架的架扶的扶，纷纷告辞了，曾爷爷和曾奶奶也休息了。爷爷仍旧兴致盎然地立在酒桌边，再拿酒来，爷爷对仆人大吼道。仆人不敢违抗，诚惶诚恐地端过一小坛酒，满上了大海碗，把酒坛子放在桌上时不忘了说一句，少爷，这是酒席上订的最后一坛子酒了。爷爷醉眼微醮，斜乜了仆人一眼，并不搭话，举起酒盏，咕咚咕咚又将酒倒进肚子里。光了酒盏，也不等仆人给自己满上，自己给自己倒满了，喝光了，再自己给自己倒满。不多时，一坛子酒又见了底。爷爷把酒坛子砸在地上，哐啷啷啷，酒坛子碎成千片万片。爷爷感觉酒坛子已成过去，爷爷跨过所有过去的碎片，进了洞房。

爷爷进了洞房竟有些恍然。洞房里灯火暗淡，空气中弥漫着一股子血腥味。爷爷禁不住揉了揉鼻子，狠劲地嗅了嗅。是血的气味。爷爷循着气味三步两步跨到床侧，新娘的尸体触目惊心。新娘衣冠不整，胸膛袒露，一把雪亮的剪刀插在那曾经丰腴的土地上，流尽了脂膏的土地现出一片贫瘠的惨白。新娘的一只手上死死攥着一张纸。爷爷扒开新娘已趋僵硬的手指，取下纸，读到了新娘临死前咬破手指后用血写下的话。

新娘死了大约有一个小时了。那事情应该发生在两个小时前。两个小时前，赵承德趁众人向曾爷爷曾奶奶道喜向爷爷道喜，趁洞房里除了新娘再无第二个人，悄无声息地溜进了洞房，打晕了新娘子。待新娘子醒过来后，看到的是一个与她隔着红盖头隐隐约约看到的全然不同的脸孔，不用想便明白了一切。新娘子不哭也不喊。这一点很出乎赵承德的意料。赵承德之所以做完了事不走，就是想留下来看新娘子惊慌失措的样子，然后告诉她如果她喊了那她这辈子就毁了，当着所有参加婚礼人的面毁了。但新娘子不哭也不喊，只是目光如刀地盯着他，那刀寒冷若冰，划在赵承德的皮肤上滋溜溜响。赵承德说你别以为自己受了委屈，我的功夫连暖香楼的招牌如玉都拍手叫好，她现在已经在等我了，我说今晚有事不去了她都不答应。赵承德说着又嘻笑着想靠近，新娘子却鬼使神差地从枕底抽出了一把尖刀，雪亮的刃口冷冷地对着他。赵承德什么也不怕，就怕女人跟自己动刀动枪。他深知女人狠起来比蛇蝎虎豹还要命。赵承德看到这架势心想还是早点逃离这是非之地为好，遂转身靠近了窗子。见新娘子只是坐在床上盯着自己，并无追赶之意，赵承德又涎着脸皮，悻悻然说，你总有一天会想我的，如果心情好，我还会考虑考虑。说着淫笑一声，翻身出了窗子。赵承德没有算到一点，在他走后不久，新娘子就将那把雪亮的剪刀插进了自己的胸口。

爷爷在那张纸的最后读到了一行有点煽情的字：夫君，我对不住你，我去了。爷爷看到上过新式学堂的三姑娘写下的"夫君"两字，心中猛地如触电一般，强烈的喜悦和疼痛遽然涌起。爷爷无限爱怜无限伤感地用目光爱抚着三姑娘的脸蛋。三姑娘乌发秀口，桃腮杏眼。蜡烛静静地燃烧，噼里啪啦地开出烛花，小朵小朵明艳的花朵在三姑娘温柔的眼波里绽开。爷爷俯下身，无限深情地吻了三姑娘的额头。

爷爷根据如玉断定那人必定是赵承德。赵承德是如玉的常客，也只有赵承德那样的畜生会做出这样的事，也只有赵承德对自己一家横挑骨头竖挑刺总也看不入眼。爷爷杀了赵承德后，瞥见了如玉那张脸，忽然联想起三姑娘那张无限温婉的脸，几乎陷在当中不能自拔。爷爷刚出了暖香楼，就听见了楼上传出一个女人的惊叫声，恍若一把剪刀刺啦一声划破了紧绷着的夜色。爷爷头也不回，飞身赶往十里外的刘家寨。

月色如绸，夜凉胜水。爷爷今夜的出逃成就了柳浪镇今后几十年的传说。人们交口相传，爷爷气定神闲，跨一匹高头大马飞出了柳浪镇。那匹马跟爷爷出生时被拦住的那匹白马一模一样，毛色堆雪，长鬣飘风。飞驰的白马仿佛明亮的流星划过一九三一年秋天的夜空。

——你觉得爷爷是在吹牛吗？

哑巴不吭声。哑巴想象这一切，复活这一切，往日的故事如戏文一般在他脑海里排演。热烈抒情，虚假空洞，都让他没法拒绝。

四

一九三五年，柳浪镇及周边方圆千里的数百个小村镇卷入了一场旷日持久的大旱。赤地千里，饿殍塞道。穷者流徙，富者搬迁。唯有官家夜夜笙歌，吃香喝辣。这时节，草莽阡陌之间，渐渐流传开一个传说，每逢月黑之夜，必有官家遭劫，不是丢了金银，就是丢了粮食，有的贪官污吏还丢了脑袋瓜子。之后几天，贫民窟里，难民营旁，又必会留下足够几日用度的金银或者粮食。这一切的进行都是无声无息的，官家张贴榜文悬赏黄金也抓不到贼人，平民百姓日思夜念睁大眼睛也看不到恩人。传说越来越缥缈，越来越玄乎。再后来，就有人传说某某亲眼所见，做下这些事的是单枪匹马的一个人，那人身跨白马，如神灵如鬼魅，行若疾风，眼若闪电，九指如戟，出枪如雷，杀人无影，来去无踪。再后来，就有人断定这人是哑巴的爷爷。有人说，不错，这像方家的儿子！

那一夜，爷爷前脚跟离开柳浪镇，后脚跟柳浪镇就炸开了锅。妓女如玉赤条条的身上伏着的是一个赤条条的死人。方家少爷的洞房里新娘子将一把冰冷的剪刀插进了自己的心窝。两个地方流出来的血浸淫在暗淡的月光里，两个地方的血缓慢地流淌，血乌黑如夜，夜浓重如血。柳浪镇在无边的冤屈与仇恨之中疯狂着。出事的是柳浪镇最富足的人家和最有权势的人家，官府不敢怠慢，连夜派出大队人马介入调查。

东方泛白的时候，官府的人在曾爷爷家找到了新娘临死前留下的那张字条，在暖香楼却什么也没查到。如玉丢魂失魄似的，无论别人问什么，都只双眼圆睁，摇头晃脑。之后十多年，如玉的精神总是时好时坏，直到最后惨死在日本人的手中。爷爷虽觉得如玉那样的女人给吓疯了也是活该，但一想到如玉死时的情形便不由得后悔，暗暗叹息，这女人的命太苦，自己有些对不起她。从现场得到的线索和爷爷的消失，官府和柳浪镇的人很快都想到了事情的真相，但方家和赵家都不愿承认。曾爷爷家既觉得儿媳妇新婚之夜被人强奸有失脸面，又不愿爷爷担当命案。赵汝阳虽对独子的死痛苦不堪，心底也咬定是爷爷杀了自己的儿子，却又不愿承认自己的儿子先做出了那样的事。这件轰动一时的人命案子也就渐渐地不了了之，但方赵两家越来越仇视对方了。

爷爷杀了赵承德后，知道不能再回家了，只能到刘家寨避一避。爷爷心里早就盘算好，到隔壁村寨，就让刘家带自己去见黑八，自己今后也只有这条路可走。爷爷早就有过离开家的念头，只是像曾爷爷骂他那样，他舍不得那份家业。如今，舍不得也要舍得了。想到这儿，爷爷纷乱的心绪中忽然闪出一条金光大道。爷爷餐风饮露，十几里山路在爷爷脚前如蛇蜿蜒，不眠的夜鸟呼号哭叫，黑黢黢连成一片的松树林子里藏满了魑魅魍魉。爷爷吓得浑身汗毛乍开，脚底抹油。东方既白，爷爷到了刘家寨。

爷爷说明原委后，当天下午就到了黑八的营寨。黑八是个草莽枭雄，当年也是因为杀了人才扛大旗上山落草的。黑八五十来岁，一双眼睛精光四射，视人如掏心，杀人若等闲。黑八并不黑，而是个脸色蜡黄，满脸短髭，喜欢黑夜里打家劫舍的干瘦汉子。黑八对爷爷分外器重，不出几个月，爷爷已经成了黑八最重要的心腹。

黑八做的都是官家大户的买卖。每做下一桩买卖，除了摊分钱财，黑八还会将抢来的大官富户的妻妾婢女分给自己和有功的兄弟。如何处置，全凭心情。少数兄弟会愿意与分到的女子结为夫妇，多数情况下，弟兄们分到了女子，玩够了玩腻了，就把女子远远地卖去做妓女，落得一笔钱财，再等下次分其他女子。爷爷对这一点极其不满，入伙不久，爷爷就对黑八表示，不能那样对待抢来的女子。黑八只是笑笑，兄弟，你还年轻，玩几个女人算什么？女人？女人！黑八一阵呵呵冷笑。爷爷在黑八的笑声中尴尬万分。

爷爷十八岁那年春天，山寨又做了一笔大买卖，抢来几十个女子。那天，爷爷坐在阳光下擦拭自己刚刚缴获的那把勃朗宁手枪，金属的枪身在阳光下微微泛光。爷爷眯着眼睛，左看看右看看，心中漾满了温暖的波光。

这时，一个女子扑通一声跪在他跟前，连连磕头，不停歇地喊着大王大王。爷爷还未反应过来是怎么回事，后面又跑上来一个人，是山寨的兄弟于二。怎么回事？爷爷剑眉微蹙，瞪视着于二。方哥，我要把这女人卖了，她不愿意。于二说完，那女子又如鸡啄米般地一阵磕头，大王大王，你把我留下吧，我给你做牛做马，别把我卖到妓院，大王大王。爷爷心软了，自从三姑娘死后，爷爷一见到女人心里便带了三分柔情。爷爷略一沉吟，说，我给你去向大哥说说。黑八一看就知道爷爷又为女人的事心烦了，黑八呵呵冷笑两声，兄弟，你若愿意娶她，大哥张灯结彩，杀猪宰羊为你筹办婚礼。兄弟今年也十八了，是该娶房老婆了。你说怎样？爷爷睨了那女子一眼，那女子眉眼高挑，塌鼻方口，爷爷心里并不喜欢。那女子见爷爷盯着她看，不由得又双膝一软跪了下去，向着爷爷连连磕头，口里喊着大王大王。爷爷心中却有些厌烦，抬眼望望院子里噼噼啪啪拔节长高的植物，不言语了。黑八又说，兄弟，你若不愿意，那只好把她卖掉，山寨可不是吃闲饭的地方，你也知道山寨没有金山银山，没有闲人闲粮。爷爷转过头来，壮着胆子说，大哥不觉得这样做太残忍？也许还有其他办法。黑八呵呵干笑两声，残忍？这个世界上谁不残忍？活着就是对别人的残忍。你说说，能有什么其他办法？黑八言语之中有些生气。爷爷垂着头，无话可说。黑八朝于二挥挥手，于二拖拽着那女子出去了，那女子哭声震天动地。黑八冷冰冰地吩咐手下，你去对于二说，那女人再吱一声就把她剁了喂狗。那人出去后一会儿，哭声戛然而止。爷爷望着春天和煦的阳光，感觉什么东西给硬生生地切断了。

爷爷仍然是黑八的心腹，但爷爷总觉得黑八跟自己已经有了隔膜。这隔膜一直到爷爷杀了黑八才消除。那是爷爷十九岁那年春末的事。初春的时候，黑八又做了一笔大买卖。爷爷再次为女人的问题心烦，但爷爷没再跟黑八提起。春末的时候，有一支几百人的军队围剿山寨。山头山脚，打得昏天黑地血流漂杵。混战中，爷爷缓缓举起了他去年缴获的那支勃朗宁手枪，瞄准了黑八的后脑袋，一颗子弹撕开空气。

（许多年后，爷爷死了，哑巴意外地在家里的阁楼上翻到了一把手枪。那时候，手枪的枪壳都已经腐朽了，脆如薄纸，轻轻一拂，便如灰色的蛱蝶纷纷飘落。褪尽华彩的枪身只剩下几根胡乱搭在一起的丑陋的骨架子，什么子弹也吐不出去了。这就是勃朗宁手枪？也就是把鸟铳吧？哑巴知道自己被爷爷骗了，他狠劲儿扣了几下扳机，完全涩住了。）

战斗结束后，围剿的军队全军覆没，山寨也已伤亡过半。如果不是那个政府不到半年就被另一个政府取缔无法组织军队再次剿匪，新政府忙于安抚人心，无暇顾及几个毛贼，山寨一九三四年的春天就玩完了。

黑八死后，十九岁的爷爷坐上了山寨的第一把交椅，属下有几十个吊儿郎当的兄弟。为了坐上那个位置，爷爷费了一点周折。爷爷接替黑八的位子本是顺理成章的事，不想正要坐上寨主位子的时候，平地里冒出个名不见经传的胡海。

胡海指着爷爷，信誓旦旦地说，他亲眼所见，是爷爷向黑八开的枪。大厅上人群大哗，爷爷不惊不乱。你亲眼所见？山寨的弟兄若亲眼所见黑八被杀，怎会一声不吭？若是我，看到有谁胆敢向黑八开枪，立马一枪把他打个半死，再拖回山寨剐了。你呢，作战时藏在最后面，黑八刚刚下葬，你就不顾围剿的军队随时可能卷土重来，山寨岌岌可危，忽然冒出来胡乱指认我杀了黑八。你只知道邀功请赏，却置黑八的大仇于不顾，置山寨的安危于不顾。你如此自私自利，如此愚弄众兄弟，就不怕遭天谴？！大厅中顿时安静下来，爷爷的话余音绕梁，久久不绝。爷爷目光如炬，盯着胡海。

胡海在爷爷的目光中一寸一寸渐渐缩小。忽地，有人一声吼：大哥毙了他。然后是第二声，第三声：大哥毙了他，大哥毙了他。胡海在澎湃的声浪中摇摇晃晃，跪了下去。爷爷刷地抽出一把尺许长的尖刀，紧紧握在右手中。

众人的声浪迅即退却，人人屏息凝气地看着爷爷。爷爷抬起目光，缓缓扫视一圈人群，最后瞥了一眼跪伏在地上，浑身筛糠的胡海。爷爷忽然把尖刀放下，右手放在案台上，左手抡起匕首，咔地剁掉了自己的小指。众人一声惊呼，还未回过神来，爷爷已挥起伤残的右手，抽出了腰间的勃朗宁，啪地一甩，战栗不止的胡海已如一堆烂肉委顿在地。一连串动作兔起鹘落，众人心惊肉跳地盯着爷爷握枪高举的右手，枪口冒烟，小指齐根断处一股红艳艳的血吱吱地冒出来，溅在爷爷尚未脱下的雪白的孝服前襟上，开成了一九三四年的春天最让人心悸的花朵。——这个情节在爷爷的讲述中被反复渲染，那一朵花，仿佛开到了哑巴眼睛上。

一九三五年，爷爷二十岁。山寨的人数已急速恢复到了黑八死前的水平。这一年多来，爷爷带领弟兄做了几桩买卖，一桩桩干净利落，收获丰溢。——爷爷说，他们甚至想过要学梁山，树一个"替天行道"的旗帜。是爷爷说不能学宋江那投降派，这才作罢了。抢来的女子仍分与众兄弟，结婚的结婚，不结婚的却不能再将女子卖给妓院，须得给她们一笔钱为她们谋一条生路。不过这基本上是一纸空文。山寨的弟兄粗手粗脚惯了，多也是把人往妓院一扔，拿了钱走人，谁也懒得麻烦。爷爷知道这些，他现在才由衷地觉得黑八说的是对的。除了这样没别的办法，山寨养不起那么多闲人。爷爷叹口气，对这些事睁一只眼闭一只眼。兄弟们对爷爷已是打心眼里叹服，就连山寨中几位元老级的人物都争着要把女儿嫁给爷爷，但爷爷对那些女子，无论貌美貌丑，一概认作了自己的姐姐妹妹，对她们关怀备至，却从不越轨。人们渐渐有些议论，爷爷只是一笑置之。

爷爷娶亲是在一九三五年，娶的却不是山寨中人。

——你是觉得爷爷又吹牛了吗？爷爷睁眼瞪着哑巴。

哑巴咿咿呀呀。

五

　　姐姐果然没能结成婚。半年多后，姐姐回到了家。

　　哑巴想，姐姐是故意拣了个大雨倾盆的日子回家的。那天哑巴席地坐在台阶上，满天的雨水落在院子里，溅起一朵一朵水花。雨越下越大，院子里渐渐潴了三四寸深的水，水花开得持久了，一朵一朵随水漂流。忽然，一个人搅碎了水花，呆愣愣地站立在院子当中。哑巴歪着脑袋看着湿淋淋的姐姐，想说，姐姐，你回来了吗？姐姐的一双眼睛烟水迷茫，姐姐隔了好一会儿才说，哑巴，爸妈在家吗？哑巴想说，在。姐姐看了哑巴一眼，不说话了。姐姐立在滂沱大雨中，不说话了。闪亮的雨水顺着她修长的扭成一绺一绺的头发流下，拉成凌乱的点，溅开一朵一朵水花。姐姐回家的那个秋天，水花很美，不停地飘向远方。

　　那个秋天，姐姐被妈妈带到了医院，几天后，姐姐从医院回来，脸色苍白，姐姐对哑巴笑笑。哑巴不由得有些难过，也对姐姐笑笑。姐姐说，我没事，现在我的心都已经成了碎碴了。姐姐说她没事，但说着说着就哭起来。小孩儿是无辜的，那天我看到他的脸了，他的脸血肉模糊，他血肉模糊地对我笑，我没有办法。姐姐说着揪住哑巴的手臂使劲摇晃。她不但以为是哑巴就会是个傻子，还以为傻子是不知道痛楚的。哑巴痛得咧着嘴，想安慰姐姐说，你看到的只是幻觉，只是幻觉。哑巴仍然说不出话来。

爸爸妈妈没有责罚姐姐，既没骂她，也没打她，他们只是借口她要补养身子，日日把她反锁在楼上。姐姐没日没夜地在楼上踱步，喃喃自语：活死人墓，活死人墓。这个家真是个活死人墓。哑巴住在楼下，姐姐像雷声一样的踱步一锤一锤砸在他的脑壳上，折磨他的神经。哑巴看得见昏暗的屋子里姐姐那张狰狞的脸，那张脸让他感觉到说不出的陌生。

哥哥也住在楼上，哥哥自己把自己锁在楼上。但他从不像姐姐那样踱步，他成天跟猫一样俯卧着，阒寂无声。哑巴知道他成天都在做什么。他极其狭窄的屋子里贴满了地图，墙上天花板上贴满了，书桌上贴满了，甚至地板上，他都用粉笔画满了地图。哥哥时常想象着自己像传说中的爷爷一样，跨一匹白马如疾风如闪电游走于千里山河之间。千里河山在他的想象中滚瓜烂熟，但哑巴知道，哥哥没地方可去。哥哥对姐姐的态度跟以前没什么区别，但从他的眼神里，哑巴看得出他对姐姐的羡慕和失望。

爷爷对姐姐的事不闻不问。哑巴看得出他眼里的黯然。爷爷只装作对天气的不满，牢骚不断，这杀人的鬼天气，再下，再下就把祖宗十八代的骨头都泡烂啦！爷爷最受不了雨水连绵的秋天。一到这样的时候，他的腰就痛，锥心似的痛。

落下这个病根子，是在"文革"时期。那时候镇上分为两派，一派称为"新柳浪"，一派称为"八三一"，两派势均力敌，不时武斗。

那一日中午，爷爷在大街上敞着喝水太多进粮太少的大肚皮闲逛。爷爷走着走着，忽见前面一堆人压了过来，排山倒海的。怎么回事怎么回事？新柳浪和八三一武斗了，新柳浪和八三一在炮楼上开炮了。武斗了！开炮了！喊声此起彼伏，接着是杂沓的脚步声，大人的叫骂声，小孩的哭声。平静的街上，转瞬之间乱成一窝蜂，人人都像无头的蜂子或者疯子，四处乱窜，四处乱躲，藏住了脑袋藏不住屁股，藏住了屁股藏不住脑袋。爷爷随着人流退却，爷爷避到了一面墙边，却固执地不再退了。

爷爷不但不退，竟还扶着墙往前走，想要去探个究竟。爷爷是真刀真枪上过战场的人，多少枪多少炮爷爷没见过？爷爷并没听到开炮声，就算听到了他也不怕。果不其然，爷爷拼了老命走到了"武斗现场"，炮的屁都没闻到，只看见两条打架的黄牛。那是山里人到柳浪镇上街赶来的两条黄牛。

多年后许多人传说，那天爷爷一阵大笑，大步流星冲上去往一头牛小腹上猛击一拳，打得那牛趔趔趄趄，随后一把拽住了另一头牛的尾巴，狠劲往后拖，拖得那牛连连打滑，蹄子在地上留下深深的痕迹。不出一刻钟，两头牛的武斗给爷爷强行劝开了。爷爷擦擦额上的汗，又是哈哈一阵大笑。街上逐渐恢复了平静，人们对老英雄再展雄风交口称誉。人们的叫好声未绝，爷爷的笑声未息，却见一队年纪轻轻的人分开人群，气势汹汹地冲到爷爷面前。

你不是力气大吗？你不是能拖牛尾巴吗？看你没拖过瘾，再让你拖一次。几十个人一面嚷嚷，一面蜂拥而上，用绳子把爷爷的双脚牢牢绑定系在了牛身上。许多人往牛屁股狠狠甩了几鞭，那牛冲开人群，疯了似的往前奔。

后来人们才知道红卫兵小将们给爷爷定的罪名是嘲笑阶级斗争。奶奶揪着一个红卫兵的耳朵，找到爷爷的时候，爷爷躺在一面墙下，见到奶奶，半睁着眼笑。奶奶看到爷爷的笑，憋了半晌的泪水决堤而出。爷爷愈加笑出了声，爷爷的肋骨给路上的坑洼撞断了三根，腰给糟蹋得一塌糊涂，但爷爷笑出了声，他的笑声三截两段的。墙上没张贴好的大字报在风中缤缤绦绦，应和着爷爷的笑声。

爷爷对哑巴说，你那个笨蛋姐姐给人白白骗了，不过给人骗骗也好，她才知道自己有多笨蛋。你那个混蛋哥哥连你的笨蛋姐姐都不如，一个小小的考试就把他折磨成那样。考试算个屁！想当年，你爷爷刀山上过火海下过，什么时候向人皱一皱眉低一低头？妈的，现在一个考试就让他变乌龟了，考试算个屁！爷爷虽然骂骂咧咧，哑巴知道他心里很着急。哑巴知道他着急什么。哑巴想，总有一天我会把它说出来，总有一天我会把所有的秘密说出来。

姐姐的第二次离家出走，在哑巴十六岁的时候。那天晚上，姐姐鬼鬼祟祟地摸到哑巴床前，姐姐的脸呈现出一片妖媚的幽蓝色，姐姐俯下身，像对待小孩子一样对哑巴咕耳语。

姐姐走了，小弟你要乖。姐姐走了，姐姐再也不回这个家了，小弟你要乖。姐姐说着说着又哭起来。哑巴一下子意识到姐姐回来后变了许多，姐姐身上多了一种温馨的、柔软的、忧伤的东西。姐姐伏在哑巴身上啜泣了半天，泪水洇湿了他的胸脯。姐姐临走时，甚至把嘴唇凑到哑巴的额头，轻轻地吻了一下。姐姐的嘴唇火热而又冰凉，这是姐姐第一次也是最后一次吻哑巴，姐姐的吻在哑巴的记忆中留下了一个鲜红色的烙印。

这次姐姐是一个人走的，没有人接应姐姐。哑巴听见姐姐一个人翻出了窗户，一个人零碎的脚步声给弥漫柳浪镇的大雾吸收得干干净净。哑巴知道姐姐还会回来的，姐姐回来后不久会变成另一个人。姐姐还会回来的，她走不远。

这一夜，哑巴例外地听见哥哥在楼上沉重地踱步。哑巴仿佛听见了一九三五年，爷爷结婚那天噌呔的钟鼓声。

——你还愿意听我讲故事吗？爷爷问哑巴。

哑巴咿咿呀呀咿咿呀呀。

六

一九三五年，爷爷做的最有价值的一桩买卖——劫到的只是一个人。这人后来成了哑巴的奶奶。奶奶陪伴爷爷度过了大半生风雨飘摇的日子，死的时候却只落得一身单衣。奶奶死后第三年，"文革"结束了。爷爷挖开了奶奶的坟，想重新为奶奶择一处好地。传说棺盖打开后，一股青烟徐徐飘出，青烟散尽，但见棺材里安放着一个金灿灿的戒指。那是结婚时爷爷送给奶奶的戒指，奶奶死后，爷爷悄悄把它放在了奶奶的舌根。许多人都传言，奶奶是狐仙，方家婆娘俊俏伶俐，要强好胜，不是狐仙变化的是什么？尽管小镇上的人言之凿凿，说奶奶是不会死的，爷爷仍不免大放悲声，深感这一生亏待了奶奶。

爷爷是算准了时间去劫道的。劫道时一班人马百数人，带枪的不过三五个。其他人带的都是钟鼓鞭炮。一干人埋伏在半山腰，欢天喜地，说说笑笑。人还未劫到，冲爷爷而来的道喜声已不绝于耳。爷爷连道，托兄弟们的福托兄弟们的福，一面说，一面也已笑得合不拢嘴。临下山时，爷爷喝了半斤高粱酒，脸上浮着一朵水红的酡云。爷爷醉眼蒙眬，时近晌午，一乘小轿飘进了他的眼里。拦截几个赤手空拳的轿夫三五个人就够了，甚至有两个轿夫听说是爷爷的队伍，当即要求入伙。爷爷朝他们点点头，一乘小轿就宛若一朵安稳的云欢快地飘向了山寨。青天明亮，笑语缤纷。沉默的空气顿时沸腾起来，钟鼓齐鸣，鞭炮震耳，喇叭唢呐吹得满山满林的青松都发出欢快的沙沙声。

此时，轿子里的新娘子却急出了一身汗。她知道是强人劫了自己，一会儿，却又听见了鼓乐声，心里正自纳闷，忽然惊呼一声，妈呀，这是把我抢上山哪！

本来卖给人家做小老婆已是千不愿万不愿，无奈自己的爹妈竟向自己下跪。儿啊，你是家里唯一的指望了，这个家能不能挺过这场大旱全在你了，你愿意，这个家就活，你不愿意，这个家就抱在一起死。你也不想你爹你娘黑发在顶就去见阎王吧？儿啊，养兵千日，用兵一时，我们养了你十七年，你知不知道就看现在了。儿啊，说什么卖？这是那些吃不到葡萄的馋嘴狐狸说的话，别听他们的。怎么是卖？人家好端端的明媒正娶，有媒人，有聘礼，连嫁妆都是人家倒贴的，你还奢求什么？这样大方大气的姑爷打着灯笼也找不到哇。她狠狠心，把头歪过去，不看眼前跪着的一双爹娘，是的，这样的姑爷打着灯笼也找不到。爹妈看不到他那秃得像杵臼的头就是一盏好大的灯笼，看不到他那一双恶猫子似的眼睛在自己身上放肆地搜寻，看不到他那油乎乎的肚子和满口蜡黄的牙。她受不了爹妈那一声连一声的"女儿啊"，她又实在不愿委身于那样一个人，而且还是做小！他不配！要卖，她也不能这样贱卖自己。忽然，母亲说了一句话，击溃了她所有的防线，她无力地跪倒在地下，同意了。母亲说，如果自己能年轻二十岁，不用聘礼就嫁给他了。

她怀里揣着一把剪刀，她知道自己不能死，死了父母连钱也拿不到，自己死了是白死。她也知道自己不能杀了他，自己嫁了他，终归是要跟他同床共枕的。但她就是不甘心，她混混沌沌而又坚毅无比地把一把剪刀藏在身上。现在好了，她不用嫁给那个想想都恶心的人了，但剪刀派上了大用场。她岂能任强盗凌辱？她本可以在轿子里就死的，但她不甘心，她总是不甘心。她想要看一看，虽然不知道要看什么，能看到什么。

她看到的是一张熟悉而又陌生的脸。那张脸调皮地向她扮了个鬼脸。爷爷很有失头领身份地向她扮了个鬼脸，说，丫头，你不是说过不做任何人的小老婆吗？轿子里的人正是跟爷爷从小玩到大的柳浪镇的丫头。丫头看到爷爷吃了一惊，回过神来，又兴奋不已，听了爷爷的话，又气得嘴唇颤抖，方隽铭，你！转身又要往轿子里钻。爷爷嘻嘻笑着，一个箭步跨过去，搂住了丫头。爷爷在众多弟兄面前搂住了丫头，弟兄们吼声如雷，笑声动地。热烘烘的鞭炮炸飞了天。爷爷紧紧拥抱着丫头，说，嫁给我吧。丫头咬着薄薄的嘴唇，说，不嫁。丫头说不嫁，后来却成了哑巴的奶奶。

——爷爷的故事充满套路，和电视里播烂了的言情故事没什么两样。可他讲得像是什么稀罕故事似的。爷爷说，你不信是吗？哑巴你是不是不信？

哑巴手舞足蹈，咿咿呀呀。

爷爷叹一口气，说你爱信不信吧。又接着讲起他跟奶奶生育的九个子女。明显不是那么流畅了。爷爷总是犹犹疑疑，挂一漏万，矛盾百出。爷爷跟奶奶生养了九个子女，九九归一，最后只留得爸爸一个独苗苗。

——知道你又不信！你个哑巴！

哑巴不说话，只是仰着脸笑。

爷爷说，他以为方家世代单传的命运会在他身上改写，不想老天爷掐算得那么紧。命数啊，命数。强悍的爷爷也禁不住慨叹。一九四三年，爷爷率领手下几百弟兄打日本人之前，奶奶先后给爷爷生下了三个女儿，一个儿子。一九四三年，爷爷最小的儿子未满周岁，爷爷视他若自己的半条性命。然而爷爷的这半条性命还是给日本人明晃晃的刺刀挑死了，另外半条也差点毁在日本人的一颗手榴弹之下。

——这个你该信了吧？爷爷眼圈红红的。

哑巴不声也不响。

七

爷爷一生负伤无数，但一直活得很硬朗。爷爷的身体一落千丈，躺下再也起不来是在姐姐第二次回家后不久。

姐姐第二次回家选择了一个艳阳高照的日子，姐姐带回了一个男人。姐姐对愤怒的爸妈说，她要嫁给他。哑巴坐在洒满阳光的院子里，歪着头看姐姐身后那个陌生的男人。他长得很英俊，但哑巴不喜欢他。哑巴感觉他的英俊是一张纸，一张一撕即破的纸。哑巴还知道他无法带姐姐离开这个家，但姐姐不知道，姐姐说她要嫁给他。爸妈当然不同意，那男人除了英俊一无所有。姐姐执拗起来，执意留下了那个男人，还打着哭腔说她不能离开他。姐姐让他跟哥哥住一屋。哑巴听得见，暮色降临的时候，姐姐和哥哥悄悄换了位置。哥哥在姐姐的屋子里安静得像一只病恹恹的猫，姐姐和那个男人在哥哥的屋子里也安安静静。哑巴听得出姐姐和那个男人的安静是做出来的。那些日子，家里的整座房子笼罩在一半真实一半虚假的安静中。

半个月后，这种含有杂质的安静失去了平衡，就像用沙子堆起来的一座高塔，失去了水分后轰然倒塌。爸妈对姐姐下了最后通牒：那个男人必须离开，除非姐姐不再认他们为父母。姐姐咬着嘴唇，转身回了自己的屋子，哐当一声锁了门。姐姐早上上去后直到晚上都没下来，第二天早上也没下来。

爸爸撬开了门，看见姐姐安静地躺在床上，天蓝色横条纹的床单上，穿一身缟素的姐姐很安静。床头柜放置着一个空了的药瓶。妈妈一见立即软在地，姐姐带回来的那个男人则嘴唇颤抖，一张脸毫无内容。姐姐三天后从医院回来，回来后一直躺在床上。爸妈不再提让那个男人离开的话了。他一直陪在姐姐身边。姐姐苍白的脸上洋溢着微笑，温暖的，清澈见底。没过两天，这微笑就如一朵没开足的花，带着一声叹惋从姐姐脸上凋落了。

那天晚上，哑巴听见姐姐从医院回来后第一次在楼上走动，一脚浊重，一脚轻飘。哑巴一下子就明白姐姐出问题了，姐姐的脚出问题了。后来妈妈说是药物中毒落下的后遗症。姐姐走了几步，不再走了，整栋楼房重又沉默下来。沉默中暗暗滋生着什么。第二天一早，爸妈意外地发现，姐姐带回来的那个男人走了。而爷爷意外地发现，姐姐一个人站在窗台上。姐姐穿一身缟素，迎着虚空站在二楼窗台上，恍若一只硕大的白蝴蝶。蝴蝶摇摇欲坠，爷爷拔足狂奔。爷爷快要奔到窗台下时，脚崴了一下，趴在地上不动了。姐姐站在窗台上看见了爷爷忽然蹲下身子，扶着窗棂哭得一顿一挫。姐姐哭着喊，爷爷。

姐姐没有自杀，姐姐说她那时候只是想看看远处，想看看站在自己的位置上能看到多远。姐姐说看不了多远的。爷爷却快要死了，爷爷躺在床上，半边身子不能动弹。爷爷说，他快完了，他一出生就待在奔驰的马上，他的一生注定了要走在路上，如果不能走，他就完了。姐姐哭着说，爷爷，你别这样说，等你好些，我背你上路。爷爷就笑，爷爷看着姐姐跛着一只脚，围着自己团团转，爷爷笑得像个傻子。爷爷不再给哑巴讲他的故事了，爷爷似乎把他的哑巴孙子忘了。爷爷跟姐姐在几天之内，迅速结成了攻守同盟。他们一说起行走就兴奋得摩拳擦掌，但他们无疑都走不了多远。

在这个家里，哥哥也做着同样的梦，哥哥时常彻夜不眠，哥哥在一个个白夜里盯着地图，思绪飞速旋转。哑巴感觉哥哥的脑袋变成了一枚亮闪闪的图钉，钉在雪白荒芜的墙壁上，无数张地图围绕着它飞速旋转。整个世界飞速旋转。

爷爷没能好起来。

不能行走的爷爷仿佛一条失水的木船，搁浅在沙滩上，干枯的船板丢失了灵性。落日沉沉，染红了弃船边的半条河流。爷爷躺在床上，半睁着眼睛，对姐姐笑。姐姐泪落满腮，哭得双肩一顿一挫，哽咽着叫爷爷。爷爷只是半睁着眼笑。爷爷朦朦胧胧地看见许多年前的自己，许多年前的自己跨一匹白马，走马灯般从自己面前闪过。爷爷看见了他最辉煌的日子，也看见了他最悲伤的日子，那些日子一一闪过，带着一片灼目的血色。

——唉，爷爷编的故事，是不是太俗套了？电视上书上都这么编啊。

哑巴呵哧呵哧笑，口水挂到嘴角。这让他看起来和傻子真没什么两样了。

八

一九四三年，日本人把战火烧到柳浪镇那年，爷爷二十七岁。听说曾爷爷曾奶奶在日本人围困的家中双双自尽的时候，爷爷正在山寨院子里逗小儿子玩。那天的天气出奇的好，孩子却嗅出了春天阳光中浮动的隐喻。孩子在爷爷安全的怀抱里突然哇哇大哭，声嘶力竭，拨浪鼓徒然自虐，也引不起孩子的注意。爷爷把儿子从左手换到右手，从右手换到左手，哭声如裂帛，撕得春天的阳光鲜血淋漓。在混乱成一片的血色中，亲信慌慌张张地撞了进来，不好了！老太爷，老太太，不好了！什么不好了？爷爷烦躁地问。老太爷，老太太……死了。亲信犹豫半晌才说出来。话一出口，孩子的哭声断然止息。

日本人只是派了一小队先头部队把曾爷爷曾奶奶围在房

间里，初衷并非逼他们上吊，而是逼他们给爷爷写一封招降信。曾爷爷虎目圆睁，休想，休想，我不会写字，会写字也不会写那有辱列祖列宗的东西。瘦得只剩下一身狗皮的中国翻译对日本人点头哈腰，太君，他说让他想想怎么写，他会写好的，很快就会写好。

爷爷急匆匆把孩子交给奶奶，说，我要去杀日本狗。第三天，爷爷的队伍就跟日本人交上了火。爷爷带去了一千强盗兄弟，回到山寨的只有十三个。十三个中没有爷爷。

爷爷一时间给仇恨冲昏了头脑，离开易守难攻装备精良的山寨，把队伍拉到了离山寨很远的一条公路边。爷爷探得消息，日本人大概正午的时候会从这儿经过。爷爷那时候不知道这消息是有人故意泄露给他的。那条公路有点特殊，公路绝大多数的地段经过平原，经过山区的只有两三公里的一段，平原上难以埋伏，当然只能埋伏在山里。那段山道却也不同一般，一条坑坑洼洼的土路高高凸起，两侧都是矮坡。坡上密密地长着一片青松，高达百尺，剑刺苍穹。翁翁郁郁的松树林下，肥沃的土壤上密密匝匝生长着两三尺高的蕨菜。蕨菜饿来可食，战时又可为英勇的强盗们遮挡敌人的视线。爷爷的队伍就一字儿俯卧在青松下蕨菜间，人人仰起落满斑驳阳光的脸，焦躁不安地注视着公路。

爷爷的心思怎么也无法集中，爷爷使劲摇了摇脑袋，仍无法将那些心思那些画面荡出去。爷爷懊悔没能早些将曾爷爷曾奶奶接上山去，他记挂着留在山寨的奶奶和四个春天一样的孩子。爷爷以前外出做事的时候，从未想过奶奶和孩子，现在却无法遏制住自己的思念。无论闭上眼还是睁开眼，眼前都会浮现出奶奶和四个孩子的笑脸，笑脸和笑脸叠加在一起，忽而就变成了哭脸，变成了血脸。爷爷不敢想下去了，不敢想，却又无法不想。后来还是另一件事把爷爷的心思从这上面抓了过去。爷爷想起了听人讲过的一件事。事件里那个悲惨的人令爷爷想起了十多年前的旧事。爷爷为自己十多年前的行为深感内疚。

　　爷爷听到的是如玉的事。许多年过去了，爷爷几乎完全把柳浪镇暖香楼上大名鼎鼎的如玉忘了。那天，爷爷巡视队伍时，忽听得一个兄弟提到了如玉两字。爷爷怔了一下，仿佛在青天白日里看见了旧时候的鬼魂，如玉，她还没老？没老，那兄弟拖长了声调说，大哥杀了那活该千刀万剐的赵承德后，如玉就一直疯疯癫癫的，不疯时却更浪荡更撩人了，只可惜啊，前两天给日本人毁啦。死了？你说如玉死了？爷爷又怔了一下。如玉是死了，如玉死前的情形跟十三年前她受惊吓发疯的情形几乎一模一样。

曾爷爷曾奶奶死后，日本人不费吹灰之力就占领了柳浪镇，也占领了见证柳浪镇富庶与堕落的暖香楼。暖香楼上的姑娘们顺理成章地成了日本人的慰安妇。对妓女来说，并不存在多少国仇家恨，无论什么样的人，都无法让她们再低贱了。暖香楼上的姑娘们暗暗吞咽下了命运的转变。如玉在日本人中同样大受欢迎。如玉！日本人朝她竖起大拇指。如玉对此面无表情。如玉每天重复着同样的工作，身体如一堆烂肉，成天躺成同样的腐烂的姿势。如玉越来越搞不懂，那些男人不远万里跑到这个地方究竟为了什么，为了伏到她身上喘息、泄气，变成跟她相同的一堆烂肉？如玉搞不懂他们脸上莫名其妙的兴奋和痛苦的表情，搞不懂他们怎么不知道厌烦。后来，如玉终于忍不住了。她已经记不清那天总共有多少人伏在自己身上重复同样的动作，只觉得自己浑身都烂得差不多了，皮肉如烂泥，从她身上脱落。凌晨的时候，如玉才得以恍恍惚惚地睡着，睡着了仍赤身裸体。如玉睡得昏昏沉沉的时候，忽然又被那粗暴的动作惊醒。如玉迷迷糊糊地听着那人浊重的令人作呕的呼吸，感觉浑身的皮肉都变成了烂泥，如玉微微睁开眼，看见一个男人狰狞扭曲的面孔。

天还没大亮，东方刚刚露出了一丝鱼肚白。如玉忽然瞥见了身边放着一把刀，想是那人带进来的，刀刃在稀薄的晨曦中微微闪耀。突然，一道如刀刃般赤白的光照亮了如玉的脑海，只听见嘣的一声响，如玉毫不犹豫地拿起那把刀子，插进了男人的脊背。一声惨叫炸烂了每个日本人的清梦。日本人把赤身裸体的如玉拖到人山人海的广场上，如玉无所谓，纷杂的议论，饱含色情的低语她都无所谓。羞辱对她来说已丝毫不起作用。如玉仿佛一堆烂泥任人摆布，她带着一点自虐的心，想要让自己烂到彻底。但当一柄冰凉的刺刀尖锐地插进下体的时候，她有一刹那恢复了对这个世界的感觉。血咕噜咕噜地从如玉苍白的身体里渗出来，缓缓地在广场上漫开。那天早上霞光灿烂。

爷爷叹息一声，强迫自己凝视公路。爷爷就着树叶间射下来的阳光，小心地擦拭手中的勃朗宁。枪身闪耀的冷硬的光多少安慰了爷爷。

人死不过头点地，有什么好怕的？妓女尚且死得那么从容，自己自认英雄了得，杀人越货也不是一次两次，怎么竟安不下心？尽管爷爷安不下心，日本人还是来了。

先是一辆卡车，再是一辆卡车，然后就是络绎不绝一行队伍，披挂着统一的发黄的军装，好像一串黄泥地里蹦出来的蛤蟆，大摇大摆地走在公路上。低伏两侧的强盗们都憋足了气，等待着爷爷的枪声。爷爷却懵懵懂懂的，仿佛看到的不是日本人，而是一些纸扎的傀儡。日本人的队伍过去好一段了，爷爷仍握着枪一动不动。爷爷身边的亲信耐不住性子了，伸手摇了摇爷爷的手。爷爷啊了一声，回过了神，啪，一粒子弹越众而出，划破了平静的春天。子弹顿时如六月的冰雹，哗啦啦向日本人的队伍倾泻。

透过蕨菜间的缝隙，爷爷看见那些黄色的大蛤蟆在凸起的舞台上蹦蹦跳跳，跳着跳着就倒在地上不动了。很快，日本人的子弹也如山洪暴发一泻而出。爷爷在密集的枪声中，辨别得出子弹打在蕨菜上的声音和蕨菜底下身体滚动的声音。春天温暖的阳光让爷爷冷得起了一阵鸡皮疙瘩。突然，爷爷浑身一抖，什么也看不见听不见了，粗糙的世界变得如牛乳般光滑。枪声渐渐停了下来，日本人的完全停了，强盗们的也随之停了。温暖的阳光中充斥着刺鼻的火药味。血汇成小股小股的溪流，在蕨菜丛生的土地上流动。蕨菜残肢断腿，歪歪斜斜，被一股沉默的白烟笼罩着。沉默下来的公路，公路两侧的矮坡，好似停止了呼吸。世界也停止了呼吸。只有挺拔的青松发出欢快的沙沙声。

十三个强盗回到了山寨。他们有的是战斗期间害怕了退出来的，有的是战斗结束后回来的。不过现在这些都已不重要。这十三个人回不到以前的山寨了。山寨硝烟弥漫，断瓦残垣。山寨的战斗也刚刚结束。山寨的情形可能比公路边的情形更糟。他们听见山寨中一个女人撕心裂肺的哭泣，整座山寨都在哭泣。温暖的阳光把女人的哭泣照得丝丝缕缕分外明晰。

这个女人是哑巴的奶奶。爷爷离开后，偌大的山寨只有两三百人留守。爷爷离开后四五个小时，山寨就给日本人团团包围了。站在日本军官旁边的人奶奶认识，就是投降了日本人的柳浪镇镇长赵汝阳。赵汝阳冲山寨喊，丫头，你们上当啦，方隽铭已经给皇军包围啦，识时务者为俊杰，出来投降吧。皇军对女人，尤其漂亮的女人，会给予优待的。赵汝阳说完一阵笑。奶奶不知道赵汝阳打的是两面光的算盘，投降了日本人又不愿真为日本人卖命，还暗暗出卖了日本人。实际情况是日本人被爷爷包围了。奶奶不知道，奶奶听了心惊胆战，急火攻心。赵汝阳，你个王八蛋，你有种敢再靠近山寨一步，我就崩了你的脑袋。赵汝阳还在笑，又说识时务者为俊杰，话未说完，他旁边一个人的脑袋真给奶奶崩了个大洞。奶奶一直躲在门背后，她悄悄地把手枪从门缝伸出，黑黝黝的枪管对准了赵汝阳。不想奶奶一愤怒打偏了，那人猝然倒地，身子抖了几抖，不动了。他的一只眼睛给打成了个肉乎乎的大洞，一丝白烟裹着血丝从中升起，袅袅娜娜地舞蹈。日本军官旁边的狼犬走过去嗅了嗅，掉开了头。赵汝阳吓得屁滚尿流，后来趁着混战逃了。

山寨依靠坚固的堡垒抵挡住了日本人猛烈的火力，奶奶双手握枪，在山寨前门与强盗们同仇敌忾，等奶奶想起来往山寨后面跑的时候已经晚了。山寨的后面相对薄弱，等奶奶带了几个人撤回去的时候已经给日本人突破了。奶奶慌慌张张地冲进她和爷爷的院子，看到了她不想看到，但早已想到的一幕。三个女儿中两个躺在院子里，一个躺在门边，血从她们细小的身体里流出来，流得分外安静。奶奶忍着泪水，跌跌撞撞拐进了里屋。不满周岁的儿子躺在床上，内脏从肚子里流出来，涂在雪白的床单上，一片狼藉。奶奶站在床前，愣了一会儿，春天的阳光已经很暖和了。奶奶俯下身，掰开儿子的小手，取下儿子生前最爱的那只杏黄色的布老虎，使劲擦了擦嘴角流下的血。

奶奶没见到爷爷回来，跑到爷爷伏击日本人的公路边。黑夜从四面八方围拢，黑夜黑得像是刷了油漆。奶奶伸着双手，在黏糊糊的油漆里翻寻爷爷。翻开一个死人，看看，不是。再翻开一个死人，看看，又不是。奶奶捧着那一堆模糊的肉，泣不成声。奶奶翻累了，想爷爷会不会给炸飞了天，挂到树上去了。奶奶抬起头，望着松树枝丫遮蔽的天空，几颗星星从树枝间漏出来，冷冷的，恍若快要熄灭的火焰。奶奶喊了一声方隽铭，没人答应，几只夜游食尸的鸟呱呱叫着飞远了。奶奶不敢再喊，低下头继续在死人肉块里摸索。两只手都沾染上了黏糊糊的血。一个小坑差点绊了奶奶一跤，小坑里躺着一个死人。奶奶把死人的脸翻过来，凑着尚未燃尽的星光看，不敢相信那是爷爷。奶奶缓缓地为他擦着脖颈、嘴角、眉眼。擦到眉眼的时候，那人缓缓开了眼睛，吃力地笑，你怎么来了？奶奶悠悠地说，我来找你杀日本狗。

半个月后，赵汝阳的人头挂在了赵家的大门上。

——爷爷还记得那个人头，这辈子都忘不掉。

哑巴瞪着大眼睛，眼睛里盛着爷爷的头颅。

九

爷爷一直活到八十六岁。八十六年的时光在他眼中凝成一个核，沉入了湖底。姐姐趴在爷爷身上哭得天崩地裂。姐姐含糊不清地喊，爷爷。

爷爷死后，姐姐常坐在窗台上发呆，哑巴知道姐姐看不到太远的地方。那些日子，哥哥重新开始在屋子里踱步，每踱一步，都像在摇摇欲坠的老屋身上钉入了一颗钉子。老屋摇摇欲坠。后来哥哥消失了，哥哥消失的那晚姐姐彻夜未眠，姐姐坐在窗台上，忧伤地望着哥哥的身影融入黑夜，黑夜那么庞大，哥哥那么瘦小。哥哥拐出了小镇，姐姐就望不到了。姐姐一直坐在窗台上，直到天色泛白，姐姐一直没看到哥哥。

姐姐不知道哥哥去了什么地方，但哑巴知道。哥哥离开家的时候带走了他收藏的所有地图。哑巴知道他在地图上的什么位置。为了安慰姐姐，他会找到哥哥。他知道，是时候了。他收拾停当，在一个月光照亮大地的夜晚动身。他已经迈开了步子，已经清干净了喉咙，他知道脚下的大地，也知道风的歌声。在找到哥哥之前，他的身份是一个饶舌的说唱者，他会向每一个五陵少年讲述爷爷的故事。为了让人们相信他讲述的是一个多么美丽而真实的传说，他在故事的开端讲述的是故事的末尾：

爷爷下葬那天，大雨滂沱。爷爷的棺材滑入事先挖好的墓道后，连连发出隆隆的声响。隆隆声夹带着风声雨声，越来越靠近，越来越靠近，变成急促的马蹄声！突然，一匹白马从墓穴中冲出，马首高瞻，四蹄昂扬，围绕爷爷的坟墓奔驰三周后，纵身飞升，一直向东，融入了风雨晦暗、起伏连绵的山脉。沉默的山脉，仿佛一匹匹俯卧的野马。

　　——这会是真的吗？爷爷仿佛在问哑巴。

　　咿咿呀呀。咿咿呀呀。

2006 年 5 月 9 日 初稿

2017 年 1 月 9 日 改定

后 记

前几天在某报纸上看到陈思和老师说了一句话，一个作家，有可能百分之九十的作品都是差的，只有百分之十的作品是好的。而就是这样的作家，仍然算得上好作家。我是一个好作家吗？我甚至都不敢坦然地说自己是个作家。所以，我写作至今产出的绝大部分文字，注定是垃圾。可即便是垃圾，它们仍然是因我而生的。这就让我想到古人造的词：敝帚自珍。

不知道谁会看到这些文字。如果有人看到了，他一定会看到它们的生涩、笨拙、怯懦、自卑、虚伪、挣扎和不甘吧。这些文字，它们和一个二十出头的年轻人有关，它们是他对这世界发出的最初的声音。声音不好听，却不失真诚。

这些声音，诞生于2006年到2009年。那是我写作的头四年，是我写作的练习期。我出版的第一本书《少年游》，收录的作品也差不多是这一时期的。在这本书里，《少年游》

里的篇目不再收入。这里收入的，是那四年的另一面，它们或许更能代表那时的我：激越而茫然。

今年，是我写作的第十年。回望最初的这些作品，我不知道自己有没有进步。这些年我一直在练习，一直还没写出心目中那部"命定之作"。

今年，因为和父亲有关的一些事，我对人世的认识倒是进了一大步——

所有的失败，都是生命征程的必经之路。

每一天活着，都是我们为生命所做的练习。

2015年5月15日初稿

2018年11月5日改定